서복동도

서복동도

권소영 · 조성환 옮김

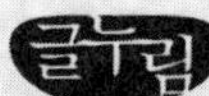

영파^{寧波}의 저명한 작가 척천법^{戚天法, 1940~}은 다년간 사귄 내 친구인데, 그가 최근에 창작한 장편소설 ≪서복동도^{徐福東渡}≫ 축약본을 이야기하다가 40장으로 구성된 약 5만자의 소설에 서문을 써달라고 요청했다. 나는 그가 보내온 소설을 흥미진진하게 읽었는데, 서복이 일본으로 건너가는 장면마다 내 뇌리에 감동적으로 떠오르고 있으니, 나는 등장인물에 의해 크게 감동받았다.

진^秦 나라 때 서복의 동도에 관해 2천여 년 동안 한·중·일 삼국의 관련 민간전설이 끊어지지 않고 문사^{文史}의 기록이 계속 이어져 왔다. 1970년대에서 1980년대에 이르기까지 서복 연구는 한·중·일 삼국의 민간에서 절정을 이루었다. 이러한 '서복 붐'의 출현은 한·중·일 삼국의 국교 정상화 이후 한·중·일 관계가 건강하게 발전하는 산물^{産物}이었으며 삼국 인민이 역사를 소중히 여기고 대대로 우호적이고 서로 학습하며 공동으로 발전하는 바람을 보여주었다. 척천법의 이 소설은 갑자년^{甲子年}에 출판되어 작자의 이러한 양호한 바람을 반영했다. 내 생각에 이 소설을 출판한 척천법의 의도는 바로 여기에 있다고 본다.

　서복과 그에 관한 일은 《사기史記》에 최초로 보이며 나중에 《한서漢書》, 《후한서後漢書》, 《삼국지三國志》 등의 정사에 모두 기록되었다. 오대五代 후주後周의 《의초육첩義楚六帖》에 이르러 서복이 동도한 장소는 일본이라고 분명히 밝혔다. 그리고 송宋·명明 이후 서복이 동도하여 이른 곳이 역사에 기입되었다. 대대로 서복에 관한 일이 문사 방면에서 끊임없이 기록되어 왔다.

　이러한 사료와 전설은 척천법의 소설 창작에 기본 소재를 제공했다. 2천여 년 전의 방사 서복이 진나라를 도피하기 위해 불로장생약을 찾는다는 핑계로 진시황의 신임을 얻고 '비이만계費以萬計'하여 3천 명의 동남동녀와 오곡, 백공을 데리고 위험을 무릅쓰고 한국 남부의 섬을 거쳐 일본으로 동도하여 "평원, 광택을 얻어 그곳에 이르러 왕 노릇을 하며 돌아오지 않았다得平原廣澤, 止, 王, 不來"는 정사의 기록은 신뢰할 수 있을 것이다.

　1982년 중국 공유현贛楡縣에서 서복 고리故里가 발견되었다. 1986년～1989년간에는 일본 기타규슈北九州 섬을 거쳐 간자키군神崎郡 구릉지대에서 기초 작업을 시공할 때 오십 헥타르에 달하는 고대 부락의 유적지가 발굴되었다. 고고학적 연구를 거쳐 이 유적지는 약 기원 전 200년에서 서기 200년에 이르는 시기였다. 상술한 두 유적지의 발견으로 중, 일 양국 고대사의 수많은 의혹을 풀어주었고, 또한 서복 연구에 중요한 돌파구를 열어주었다. 요시노가리吉野ヶ里 유적지의 학제적 고증을 거친 결과, 유적지의 연대는 원시 채집경제의 조몬縄紋 시대에서 농업경제로 넘어가는 야요이彌生 시대임이 밝혀졌다. 이러한 역사적인 뛰어넘기와 강남 '도래인渡来人' 서복으로 상징되는 중국이민 집단과는 떼어낼 수가 없다. 그들은 당시 가장 선진적인 벼농사 재배 기술과 금속문화를 일본에 전파시켜 일본 원시국가의 탄생을 촉진시켰고, 중국과 세계 다른 국가가 수 천만 년 유구한 세월 동안에 이룩한, 석기시대에서 청동기, 철기 시대로 진입한 역사적 전환을 일본의 경우 5, 6백년 만에 완성하게 했다. 이러한 역사문화 측면에서 분석해보면, 왜 지금 일본 규슈九州 등지에 그렇게 많은 서복의 기념지가 있는지, 그리고 서복을 '농경, 의약, 방직을 관장하는' 신으로 여겨 제사 지내는 이유를 이해하는데 어렵지 않을 것이다.

1995년 5월에 나는 중국 서복 연구가 나기상羅其湘과 함께 일본을 방문하여 서복문화의 민간교류 활동을 전개했고 많은 서복 기념지와 유적, 유적지를 참관, 답사했고 사가현서복회佐賀縣徐福會에서 꾸린 학술교류대회와 정부와 민간에서 공동으로 투자하여 세운 서복장수관徐福長壽館 개관 기념식에 참가했다. 도쿄東京에서 일본서복회 이사장 이이노 다카히로飯野孝宥의 수행 아래 자칭 서복의 후손이라는 일본 전 수상 하타 쓰토무羽田 孜 선생을 방문하여 열정적인 환대를 받았으며, 서복에 대한 일본 사람의 내심에서 우러나오는 존경심을 몸소 느꼈다. 중·일 양국 인민의 이러한 친근감은 중·일 우호관계 발전의 동력이다.

척천법은 소설에서 형상적인 예술기법으로 서복이 자계慈溪 달봉산蓬萊山에서 어렵게 출항하여 남한과 제주도이곳에 서복제명각석徐福題名刻石과 서복 전설이 있다를 거쳐서 일본 규슈九州 대지에 이르는 역사를 전개시켰다. 그는 풍부한 역사 지식과 수많은 중일 민간전설을 이용하여 복잡하고도 감동적인 플롯을 짰으며 감동적인 인물형상을 창조하여 나로 하여금 서복 및 삼천 동남동녀가 일본으로 건너가 자유, 행복을 추구하고 위험을 무릅쓰고 용감하게 개척하는 정신 면모, 그리고 그들이 일본 선민先民에게 선진문화를 전수하며 그곳 인민들과 화목하게 지내는 장면, 친형제처럼 함께 새로운 가정을 꾸리는 감동적인 사적事迹을 이해하게 했다. 읽어본 뒤 친근감과 흠모감을 다분히 느끼게 한다.

서복 동도는 한·중·일 삼국 인민 공동의 역사문화 보배이며 삼국 인민 모두가 소중히 여긴다. 중국에서는 1992년에 민정부民政部에서 중국서복회 성립을 비준하여 연해 일대 서복 동도 전설을 가진 도시에서도 서복회를 연이어 결성했다. 서복연구 활동으로 중·일간 민간의 서복문화 교류가 빈번히 전개되기 시작했다. 1992〜1995년간 내가 자계에서 근무할 때 문련文聯과 지방지地方志 편찬 사무실 직원의 소개를 통해 자계 삼북三北 달봉산 일대가 서복 동도의 출항지라는 사실을 알게 되었다. 민간에서는 서복 동도의 전설이 전해지고 있으며 달봉산 일대에는 많은 유적지, 유적과 서 씨가 대대로 모여 사는 마을원명 오리弎里 서촌徐村은 현재 서복촌으로 바뀜이 있다. 중국서복회 부회장이자 저명한 지리학자 나기상 교수는 달봉산에 올라 현지답사를 하고 달봉산이 서복 동도의 성공적인 출항지라는 논문을 썼다. 이러한 소개를 듣고 나는 흥분을 금치 못했다. 나 교수의 논문은 서복 연구 성과의 또 하나의 돌파구여서 국내외 서복 연구계에 큰 영향을 끼쳤고 아울러 자계 역사문화의 영향력을 드높여 주었다. 자계시위慈溪市委 선전부의 지도를 받아 나는 서복문화 연구에 뜻을 같이 하는 주내복周乃復과 함께 서복문화의 선전, 연구 작업을 적극적으로 전개하고 추진했으며, 아울러 서복연구회 주비籌備 팀을 꾸렸다. 달봉산 소재지 삼북과 용산龍山 두 진鎭에서도 서복연구회를 결성, 서복연구 간행물을 출판하고 중, 소학교에서는 서복 동도에 관한 강좌를 개설했으며 국내외 언론에 서복이 달봉산에서 동도했다는 관련 글을 발표했고 여러 권의 서복 연구 논저를 출판했다. 자계시의 지도자에서 일반 백성에 이르기까지 해발 3백 미터에 이르는 달봉산에 올라 참관하고 답사했다. 서복의 선전, 연구 활동은 자계에서 열기를 불러일으켜 서복은 자계 인민이 아름다운 고향으로 가꾸려는 귀중한 정신적 자산이 되었다. 자계의 서복 연구 성과는 국내외에서 폭넓은 관심을 받았고, 자계 달봉산은 서복이 성공적으로 일본에 동도한 출항지라는 관점이 갈수록 많은 국내외 서복 연구자의 인정을 받고 있다.

1995년 7월 나는 영파로 전근하여 근무하고 있지만 자계 서복문화의 선전, 연구 작업은 여전히 열기가 뜨겁고 아울러 경제, 사회와 더불어 더욱 발전을 거듭했다. 자계시와 삼북진 역대 정부의 높은 관심을 받으며 개발계획을 제정하고 달봉산 반산공로盤山公路를 개통시켰다. 일본 회원의 도움으로 서복기념관이 낙성되어 일본과 한국 서복회의 회원들이 끊임없이 달봉산에 와 현지 답사하고 여행하고 있으며, 하타 쓰토무 선생도 아들을 데리고 뿌리를 찾고자 달봉산을 방문했다. 가까운 시일 안에 야걸雅戈爾: YOUNGOR 그룹에서 거금을 투자하여 서복 동도 관광자원을 개발하는 프로젝트도 가동되었다. 이러한 모든 것은 서복이 중·일 양국의 수많은 사람들의 가슴 속에 매우 선명하게 살아있고 형상이 의연하며 광채가 빛나는 사실을 설명하기에 충분하다.

척천법 선생은 자계 사람으로 그는 서복 동도에 대해 각별한 정을 가지고 있으며 달봉산 일대의 풍토 인정, 민간 전설, 자연 형세를 소상히 알고 있다. 이는 소설로 하여금 강남 고월古越 문화의 운미韻味을 충만하게 하고, 그의 장편소설 축약본의 출판은 반드시 고향 인민의 사랑을 받아 서복문화를 전파하고 한·중·일 서복문화 교류를 촉진시키는 진품珍品이 될 것이다.

자계시 서복연구회 고문 비지군費志軍

2005년 9월

서복동도 ● 차례

서복동도

제 1 장

불로장생을 꿈꾸는 진시황

진시황은 원대한 책략을 구사하여 서주西周와 동주東周를 제압하고 제후국을 멸망시켰다. 때는 기원전 3세기 말 초봄의 깊은 밤, 북국의 대지는 여전히 앙상한 고목가지만 남고 차가운 기운이 스며들었다. 함양궁咸陽宮: 전국 시대 말기의 진나라와 통일 후 진 제국의 수도 안 꽃등은 어슴푸레하고 인적이 드물었다. 겉늙은 진왕秦王 영정嬴政은 마침 책상에 엎드려 높이 쌓인 상주문을 읽다가 서서히 나른해지고 눈이 침침하며 힘이 빠졌다. 갑자기 그는 구리거울 속에 비친 자신의 양쪽 살쩍이 서리처럼 물들었고 희끗희끗한 머리털이 눈과 같은데 깜짝 놀라 돌연 검을 빼어 머리털을 잘랐다.

한 줌의 백발이 어지럽게 날렸으나 초췌한 용모는 더욱 빛을 발하였다. 영정은 화가 나서 구리거울을 깨고 슬프게 탄식했다.

"잘라버려도 다시 자라니 소용없는 짓이로다. 무엇으로 늙음을 막을 수 있을 것인가? 하늘이시여! 어느 곳에서 불로장생약을 구할 수 있겠나이까?”

이때 한 환관이 들어와 보고했다. 각 로路의 진나라 장수들의 승전보가 속속 들어오고 있으며, 진나라 군사가 6국 가운데 마지막인 제齊나라를 공략하고 있다는 것이다. 즉 오늘밤 안으로 진왕이 천하를 통일하는 거대한 구도가 즉각 현실로 나타난다는 것이다. 진왕은 이 소식을 듣고 방금 낙담한 모습은 간 데 없고 즉시 수레를 타고 마구간에 갇힌 한韓, 위魏, 연燕, 조趙 나라의 항복한 왕을 시찰하면서 천하의 영웅으로 처음 군림하는 위세를 보였다. 그런 다음 백관을 소집하여 제위帝位에 대해 밤새 의논했다.

이때 진나라 군사가 제나라 수도 임치臨淄을 맹공하고 있었는데 태묘太廟: 종묘에 숨었던 제나라 왕 전건田建은 매우 놀라서 이웃의 다섯 나라에 구원해보라고 고래고래 소리 질렀다. 제나라 왕의 친척 서계徐桂는 어리석은 왕을 질책하며 제나라는 진나라에서 멀리 떨어졌다고 판단했기 때문에, 또 병사를 파견하여 다른 나라를 구조하려 하지 않았기 때문에 오늘날 순망치한脣亡齒寒의 비통한 국면을 이루었다고 생각했다. 제나라 왕은 다섯 나라가 일찍이 진나라에게 병탄된 사실을 상기하고는 어찌할 바를 몰라 온몸이 부들부들 떨렸다.

이때 성문에서 위급하다고 보고하자, 제나라 왕은 황급히 명령을 내려 백기를 걸고 성문을 열어 항복하게 했다. 진나라 군사는 파죽지세로 제나라의 도성 임치를 점령하고 왕족을 체포하며 멋대로 재물을 약탈했다. 이에 크고 작은 골목마다 곡소리가 진동하여 혼란에 빠졌다.

제나라 국왕의 친척 서계는 왕 전건이 이처럼 두려워하는데다가 무능한 것을 보고, 게다가 아무런 희망이 없다고 생각하고 전 식구 서른여섯 명을 마당에 불러 모았다. 그러나 아들 서불徐市이 방사의 술術에 빠져 명산대천을 돌아다니느라 아직 돌아오지 않은 것을 알고 탄식했다. 며느리 변정랑卞貞娘은 위급한 가운데 친정 낭야군琅琊郡에 원조를 요청하러 갔으나 아직 돌아오지 않았다. 두 사람은 목숨을 바쳐 순국할 수 없게 되자 마침내 나머지 가족들을 이끌고 스스로 목숨을 끊게 했다. 세 살 난 손자조차도 친히 베어 피로 온 마당을 물들였다. 서계 가족은 이로써 제나라에 대한 충성심을 보여주었다.

이때 서불은 방사 장선張仙의 딸 장단용張丹蓉을 데리고 혼란 속에서 집에 돌아와 이 광경을 보고는 시체를 껴안고 통곡했다. 그는 비분에 차서 피 묻은 검을 빼서 복수하기로 맹세했다. 그러나 뒤따라온 진나라 병사가 서불을 체포해 감옥에 집어넣었다가 제나라 왕 전건과 함께 진나라 수도 함양으로 호송하였다. 사매師妹 장단용은 도중에 죄수호송 수레를 뒤따르며 몇 차례 기회를 틈타 구조하려 했으나 손 쓸 겨를을 얻지 못했다.

함양궁 안에 등불이 휘황한 가운데 조정에 운집한 백관이 제위를 두고 의논하고 있었다. 그때 진나라 군사가 제나라 수도 임치를 함락했다는 환관의 보고를 듣고 진나라 왕은 크게 기뻐하고 우쭐대며 말했다.

"과인이 천하를 통일함에 이제 전란이 그칠 터임으로 덕망이 삼황三皇: 중국 고대 전설에 나오는 세 임금. 즉 수인씨, 복희씨, 신농씨를 말함을 뛰어넘었고 그 공이 오제五帝: 고대 중국의 다섯 성군으로 황제, 전욱, 제곡, 요, 순을 말함보다 높거늘 '진왕'이란 두 글자가 세상을 압도한 나의 공을 제대로 알릴 수 있겠는가?"

경륜 있는 승상 왕관王綰이 말했다.

"폐하의 신령과 현명함에 기대어 천하를 평정했으니 해와 달도 비추는지라 복종하지 않음이 없고, 상고 이래로 폐하의 위세와 덕망에 미칠 자 없나이다. 따라서 이름과 호를 고치지 않으면 공명을 이루어도 후세에 전할 길이 없을 줄로 아뢰옵니다."

그는 천자의 칭호를 '시황제'로 할 것을 건의하여 이로써 진왕이 일군 황제의 지위가 대대로 전해질 것이라 했다.

정위廷尉 이사李斯도 진언하여 천하가 통일된 뒤에 영구적인 진나라 황제 제도를 건립하여 전국을 36개 군으로 나누고 군 밑에 현을 두도록 건의했다.

환관 조고趙高는 '황명皇命'을 '제制', '영令'을 '조詔', '천자'를 '짐朕'으로 쓸 것이며, 만일 다른 사람이 쓰면 그 죄를 물어 감옥에 가두자는 대책을 올렸다.

여러 대신들도 문자, 수레 궤도, 풍속, 도량형 등을 통일할 것을 건의했다. 또 어떤 이는 길을 보수하고 수로를 만들어 그 교통의 장애를 없앨 것을 건의했다. 또 아첨 잘하는 사람은 궁전을 축조하고 능묘를 만들고 장성을 수축하라고 건의했다.

이때 방사 노생^{盧生}이 말했다.

"여러 대신이 논한 국가 정책이 절묘하고 특히 '진시황'이란 천자의 이름이 좋습니다. 그러나 전국에서 불사약을 구해 황상이 불로장생할 수 있게 되면, 이것이야말로 아주 좋은 국가의 중요한 임무라고 하겠습니다."

이 말은 진시황의 마음에 꼭 드는지라 끊임없이 고개를 끄덕였다.

"모든 사람마다 불로장생하길 바라지만 저는 이 세상에 불사약이 있다는 말을 아직 들어보지 못했습니다."

방사 한종^{韓終}이 여기에 반박하였다.

"승상께서는 동해에 봉래^{蓬萊}, 방장^{方丈}, 영주^{瀛洲}라는 세 신령스런 산이 있다는 말을 못 들어 보셨습니까? 그곳에는 죽지 않는 신선이 살고 있습니다. 그들이 늙지 않고 죽지 않는 까닭은 틀림없이 불로장생의 선약^{仙藥}을 먹기 때문입니다. 현재 천하가 모두 귀속되었거늘 어디인들 못가겠습니까? 무슨 약이든 찾을 수 없겠습니까?"

방사 후생^{候生}은 이를 보충했다.

"물론이죠. 방사를 골라 무리를 이끌고 찾아보면 이를 얻을 수 있습니다."

진시황은 박학한 방사의 말을 믿었고 신선술에 빠져 있었기 때문에 즉각 전국에 방을 붙이고 바다로 나가 불로장생약을 찾으러 갈

지혜롭고 용기있는 방사를 모집하는가 하면, 승상에게 명하여 조왕^{趙王}이 항복하면서 바친 '화씨벽^{和氏璧: 화씨가 발견한 구슬이란 뜻으로 천하의 이름난 옥을 말함}'으로 옥새를 만들어 '하늘에게 명을 받았으니 길이 오랫동안 번창하리라^{受命于天, 旣壽永昌}'이란 여덟 글자를 새기게 하고 '불로장생'의 국책에 호응케 했다.

제 2 장

액운을 당한 서불

　수레는 덜컹거리고 말은 '히잉'하고 우는데 진나라 병사는 죄수 호송 수레를 압송하여 예서豫西 역도驛道로 나아갔다. 마지막에서 세 번째 수레를 탄 서불의 모습은 봉두난발에 때가 잔뜩 낀 얼굴을 한 채 빠져나갈 생각에 골똘히 잠겼다. 그 앞의 수레에는 사촌형 제나라 왕 전건이 탔고 그 뒤 수레에는 제나라로 망명했던 묵가 학파 황천경黃天瓊, 이미 망한 위衛나라에서 제나라로 도망하여 은닉해 있던 저명한 자객 형가荊軻의 친동생이자 대역사인 형헌荊軒, 그리고 위나라의 장군 부기傅琦가 각각 타고 있었다.

　장단용은 몸에 서불 전가족의 선혈이 묻은 보검을 품고 초조하게 뒤따라가고 있었다. 몇 번이나 죄수호송 수레를 탈취하려 했으나 진나라 병사가 너무 많은데다가 대장군 몽염蒙恬이 맨 끝에서 지키고 있어 손을 쓰기가 어려웠다. 그녀는 농촌아낙으로 분장하고 시식施食하며 복숭아나무 가지桃枝, '逃之'의 해음를 신호로 삼아 서불에게 암시하여 앞 뒤 수레에 갇힌 '죄수'들과 연락하여 기회를 틈타 도주하기로 했다.

서불은 마음속으로 깨닫고는 모든 죄수에게 교묘하게 통지했다. 죄수들은 모두 암호 '도지逃枝'의 뜻을 알고 있었다. 제나라 왕 전건만 내내 훌쩍거리며 울고 나머지는 몰래 준비하면서 교란을 책동하려 했다. 일행이 허허벌판 옛 가마터에 이르자 장단용은 단지를 깨트리는 것을 신호로 삼아 몽염을 죽이려 했으나, 무예는 진나라 장수의 적수가 되지 못해 사태는 진나라 군사에 의해 진압되었다. 서불과 나무우리를 탈출하고자 했던 몇몇 죄수는 피가 철철 흐르도록 매질을 당하고 나무우리에 다시 갇혔다.

죄수호송 수레가 개봉성開封城을 통과할 때 백성들은 이상히 여겨 분분히 에워싸고 구경하느라 길이 막히는 바람에 수레가 앞으로 나아갈 수 없었다. 이때 갑자기 징소리가 '둥둥' 울리더니 진나라 병사가 성문 입구에 방을 붙였다. 서불이 황제의 방을 얼핏 보니 진시황이 바다로 나가 불로장생약을 구하는 지혜롭고 용맹한 방사를 모집한다는 내용이었다. 그는 갑자기 한 가지 꾀가 생각나 뛸 듯이 기뻤다.

그는 좌우로 사매師妹을 둘러봤으나 장단용의 그림자는 보이지 않았다. 원래 장단용은 도중에 사람을 빼내기는 글렀다고 보고, 진나라 병사의 말을 훔쳐서 급속히 낭야산 초막으로 돌아가 저간의 사정을 아버지 장선에게 보고했다. 그리고 대대로 전해오던 호로병으로 마음에 두고 있는 사람을 구해달라고 아버지에게 요구했다.

장선은 딸을 저지하며 호로병에 든 약의 액체는 천연적인 독약인 수액 '견혈혼見血昏'을 조합하여 조제한 것으로, 인체에 닿으면 즉시 쓰러지므로 가볍게 사용할 수 없으며 자신도 위기를 모면할 수 없다고 했다.

장단용은 자기가 서불을 몹시 사랑한다고 솔직하게 말하고, 진나라 군사가 강대하기 때문에 이 독약만 있으면 진나라 대장 몽염을 이기고 갇힌 서불을 구할 수 있다고 했다.

그러나 딸의 간청에도 불구하고 장선은 고집을 부려 허락지 아니하고 딸을 타일렀다.

"넌 아비가 운몽靈夢 귀곡자鬼谷子 왕선노조王禪老祖의 마지막 제자이고 전쟁터를 누비던 손빈孫臏, 방연龐涓, 소진蘇秦, 모수毛遂와는 동창이자 지우인 줄 알고 있겠다. 지금 진나라가 육국을 통일하여 대세는 정국이 결정되었으므로 사실 민의와 천도는 역전시킬 수 없느니라. 아비는 평생 깊은 산속에 홀로 살며 방사, 도인과 무리지어 음양오행을 업으로 삼아 천문, 역법을 연구했고 몸소 농사일을 하고 의약을 조제하며 천하의 부족한 도를 메우고 백성의 일상의 고통을 풀어주었느니라. 서불은 나를 따라 수년간 무예를 연마했고 뜻한바 원대하니라. 그는 네가 독약을 쓰는 것을 찬동하지 않고 독선기신獨善其身: 자기 한 몸의 선만을 꾀하는 일의 목적을 이룰 것이니라."

장단용은 부친의 말을 따르지 않았다.

"위급한 가운데 인명은 하늘에 달려있습니다. 목숨이 없어지는데 무슨 독선獨善이란 말입니까?"

말을 마치고는 곧 독액병을 가지고 하산했다.

함양궁 안에서 진시황은 태자 부소扶蘇와 이사, 조고, 왕관 등의 대신들을 불러 의논했다. 황제의 방이 공표된 뒤 방을 떼어간 사람이 있는지, 그리고 제나라 왕 전건의 호송수레가 언제 함양에 도착하는지 묻고는 다음과 같이 예언했다.

"육국의 왕이 고개를 조아리며 신하로 자칭한 다음, 짐은 천하의 산천, 호수와 바다를 친히 돌아보고 먼 곳을 주유周遊할 것이다. 그리고 가는 곳마다 바위에다가 공적을 기록할 것이다. 이렇게 하는 이유는 첫째 구주의 백성에게 짐의 위세와 무력을 보여주고, 둘째 전국에서 짐을 위해 바다로 나가 불로장생약을 구할 지혜롭고 용맹한 방사를 찾기 위함이다."

대신들은 이 말을 듣고 일제히 성상이 영명하다고 말했다.

예서의 길은 황사가 쏟아져 죄수호송 수레의 앞길을 막았다. 대역사 형헌은 기회를 틈타 나무우리를 부수고 빠져나왔지만, 대장군 몽염은 즉시 병사를 이끌고 사로잡아 오랏줄로 묶어 서불을 나무우리 속에 가뒀다. 죄수호송 수레가 대피소에 이르자 여러 병사와 죄수들에게 굶주림과 피로가 엄습해왔다.

장단용은 할머니로 분장하고 죄수호송 수레를 따라가다가 점포에서 뜨거운 옥수수 한 광주리를 사서 호로병 안의 '견혈혼' 독액을 그 위에 부어서 진나라 병사를 위로하는 척했다. 진나라 병사는 다투어 먹었다. 옥수수에 몸이 닿자마자 심한 경우에 일곱 구멍에서 피가 흘러나오고 순식간에 땅으로 쓰러졌다. 가벼운 경우 전신이 마비되고 정신을 차리지 못했다. 몽염은 깜짝 놀라며 요술인가 하고 의심했다. 장단용은 이 틈을 타 검을 빼어 나무우리를 베고 서불, 황천경, 형헌과 부기를 구출하고 겹겹의 포위망을 뚫었다. 그러나 뜻밖에도 서불은 내막을 잘 알지 못해 배고픈 나머지 손으로 옥수수를 집었다가 갑자기 쓰러져 인사불성이 되었다.

제3장

사랑의 늪에 빠진 서불과 장단용

　서불이 '견혈혼' 독액으로 다친 뒤 그의 목숨은 경각에 달렸다. 장단용은 몸에 해독제가 없어 몹시 초조했다. 황천경, 형헌, 부기는 자신을 구해준 장단용의 은혜에 감사하고 서불을 한적하고 무너진 사당 안으로 옮겼다. 이때 마침 방사 장선이 따라왔다.

　원래 장선은 딸이 독액을 신중치 못하게 사용하여 화가 자신에게 미칠까봐서 특별히 해독제를 가지고 따라온 것이다. 그는 제자 서불이 인사불성인 것을 보고 급히 해독제를 풀어서 마침내 위기를 넘겼다.

　사람들은 장선이 낭야산의 저명한 방술의 고인高人이란 말을 듣고는 숙연해져 존경심이 우러나와 분분히 머리를 조아렸다. 그러나 그에게 조국을 되찾고 원수에게 복수할 대책에 대해 가르침을 청했을 때 장선은 도리어 이렇게 말했다.

　"나는 너희들의 큰 뜻을 반대하진 않겠다. 그러나 하늘의 운행에도 도가 있는 법이다. 요^{堯} 임금, 걸^{桀} 왕 때에도 그래왔다. 태평시대라고 해서 하루만 편안한 것이 아니고 위태로운 시기라고 해서 하루만 위태로운 것은 아니다. 천하가 이미 통일된 것은 나름대로의 도리가 있기 때문이다. 너희들이 만약 의기양양하여 천도를 거스른다면, 이는 계란으로 바위치기와 같아서 틀림없이 그 화를 자초할 것이다."

이 말에 대중들은 입을 다물고 침묵했다.

서불의 병세가 점차 완화되자 이렇게 말했다.

"선생님의 크신 의론에는 반드시 이치가 담겨있을 것입니다. 제가 진시황의 명으로 붙인 방에서 방사를 모아 바다로 보내 불로장생약을 구한다는 공고문을 보았을 때 마음속으로 제나라를 부흥시키고 복수하고 싶은 계획이 생겼습니다. 그러나 이 계획은 주도면밀하게 의논할 필요가 있습니다. 속히 진나라 병사의 추격을 피하여 몸을 숨길 곳을 찾은 다음에 다시 상세하게 계획해야 합니다."

이에 네 사람은 의복을 갈아입고 분장을 한 뒤 장선 부녀를 따라 낭야산으로 달려갔다.

함양에서는 6국 가운데 마지막으로 항복한 제나라 왕 전건이 막 감옥으로 압송되자 황궁 안에서는 즉각 태평성대를 구가하는 노래와 춤을 추었는데, 생황과 통소 소리가 은은하게 퍼졌다.

진시황은 '시황제 즉위식$^{〔始皇帝登基大典〕}$'을 성대하게 거행했다. 그는 주나라 천자의 수중에서 봉건 제왕의 만세통일을 상징하는 사각형의 옥새를 받은 뒤 '천명을 받았으니 그 생명 길이 번창하리라[受命于天, 既壽永昌]'라는 선위하는 말을 낭독했다. 그런 다음 주나라 천자의 황관, 용포를 벗게 하고 항복한 6국의 왕 일행을 인솔하여 계단 밑에 무릎을 꿇고 신하로 복종하게 했다. 아울러 천하의 12만호에 달하는 부호들에게 명하여 한 달 안으로 각 국의 수도에서 함양으로 이주하게 했다. 그리고 도망하거나 은닉한 각 국의 도주범에 대해서는 체포, 수색하여 심판에 부치도록 했다.

이때 조고가 상주하여 감독하던 황릉이 이미 준공되어 3백 명에 달하는 공인[工人]을 모두 능 안에서 한사람도 빠짐없이 죽였으며, 황상의 장수를 빌기 위해 소년과 소녀를 잡아들여 능묘에 넣을 것인지 그 여부를 황상에게 물었다. 진시황은 '능묘'라는 두 글자가 마치 초상을 알리는 종소리처럼 들려서 안색이 마치 죽은 듯이 창백해져 아무 말도 하지 않았다.

이때 방사 노생이 진시황에게 아부했다.

"황상께서는 걱정하지 마옵소서. 능 안의 기밀이 새나가지 않도록 일꾼들을 매장시켰습니다."

방사 한종이 "황상께서 불로장생약을 찾기 전에 소년과 소녀에게 목숨을 빌려야 합니다. 아울러 부장하는 아이가 많을수록 수명은 더 연장될 것입니다."라고 말하자, 모두가 깜짝 놀랐다.

대장 몽염은 한종을 노려보며 말했다.

"좀 물어봅시다. 당신 집에서는 남동생과 여동생을 몇 명이나 낼 수 있소? 내가 가서 붙잡아오게요.”

진시황은 힐문하는 몽염의 말을 듣고 기분이 크게 상해서 엄한 소리로 칙지를 내렸다.

“황릉을 봉준封埈토록 소년과 소녀 5백 명을 속히 징발하여 대기토록 하라.”

이때 궁정의 문지기 환관이 보고하길, 흉노가 자주 변경을 소란시켜 국경의 관문이 위험한데도 장성 수축 인부가 부족하여 진전이 더디다고 말했다.

이때 방사 후생이 아이디어를 냈다.

“만리장성 공정이 거대하므로 범范 씨 성을 가진 유능한 기술자를 찾기만 하면 그가 1만 명의 몫을 할 수 있습니다. 황상께서는 전국에 명을 내려 찾으시기 바랍니다.”

이에 몽염이 다시 질책하며 말했다.

“후 방사, 당신 친척 중에 윤尹 씨 성을 가진 사람이 있습니까? 윤씨 성을 가진 사람을 잡으면 좋지 않을까요, 한 사람이 1억 명을 감당할 수 있을 테니.”

진시황은 격노하여 죄수 압송의 임무를 다하지 못했다고 몽염을 훈계했다. 그리고 사람됨이 거만하다고 보고 그로 하여금 30만 병사를 인솔하여 북방으로 가서 변방을 지키라는 칙령을 내리고 조서가 없으면 서울로 돌아오지 못하게 했다. 아울러 다음과 같은 성지를 내렸다.

"짐이 하서주랑河西走廊: 하서는 황하의 서쪽이란 뜻으로 대략 난주에서 무위, 장액, 주천을 거쳐 돈황에 이르기까지 약 900km의 길이를 말함를 따라 옛 장성을 순시할 터이니 속히 역도驛道를 개통하되 너비는 12척으로 하여 여섯 마리 말이 다닐 수 있도록 하라."

서불, 황천경, 형헌, 부기 네 명은 장선 부녀를 따라 낭야산으로 들어가 은둔했다. 네 사람은 남몰래 의형제를 맺고 생사를 함께 하기로 피를 마시며 맹세했다. 서불이 낮은 소리로 말했다.

"저는 일찍이 동해 바다에 부상扶桑이란 섬이 있다고 들었습니다. 그곳은 아직도 화전 경작을 하고 가난하게 살아가는 오지이지만 태양이 솟는 곳이라 합니다. 우리는 세상에 불사약이 있다고 굳게 믿는 진시황의 갈망을 이용하고 아울러 그의 위력, 재력, 인력을 빌어서 동쪽 부상으로 건너가면 폭정을 벗어나 이역에서 함께 나라를 건립하는 위업을 세울 수 있습니다. 사실 저도 부상이란 섬에 확실히 불로장생약이 있는지는 잘 모릅니다."

세 의형제는 서불의 계획에 찬동했다.

그러나 세 사람의 모의를 장단용이 엿듣게 되었다. 서불이 장단용의 아버지가 소장하고 있는 방술 노조老祖 추연鄒衍의 《오덕종시설五德終始說》, 《주운主運》, 《대경大經》과 천문, 금석, 의약, 방중 등 방술 서적을 그녀를 통해 빌릴 때 장단용은 천기를 폭로하여 진시황에게 고발하겠다며 협박하고자 했다. 서불은 무릎을 꿇고 비밀을 지켜달라고 간청했다. 장단용은 일찍부터 도와줄 뜻을 가지고 있었으나 반드시 평생을 함께 할 부부의 인연을 맺어야 한다고 말했다. 서불은 흔쾌히 허락함으로써 두 사람은 사랑의 늪에 빠지게 되었다. 그러나 이러한 애정 행각은 도리어 장선에게 무의식중에 발각되었다.

제 4 장

칙지를 받들어 선약을 구하러 떠나는 서복

서불과 사매 장단용이 배후에서 연애함에 따라 사부는 제자에게 극도의 불만을 품었다. 장선은 아직 조국의 원수도 갚지 못한 시기에 몸가짐이 이처럼 신중하지 못하니, 이런 제자가 나중에 그 대업을 어떻게 완수할 수 있겠는가? 틀림없이 화근이 될 거라고 여겼다.

장선은 모르는 체하고 서불을 불렀다. 장선은 변명을 늘어놓으면서 어젯밤에 별자리를 보니 유성이 큰곰자리로 들어갔는데, 이는 흉조라서 낭야산에서 그를 받아드릴 수 없다 했다. 그렇지 않으면 산림의 화재를 불러일으킬 수 있다는 것이다. 서불은 나라 잃은 백성이자 도망자라서 은닉하는 데 시간을 끌 필요가 없다고 생각하고 자신의 계획과 맹세를 빨리 실현하려고 했다. 그는 황천경, 형헌, 부기와 의논을 거쳐 그가 먼저 하산하여 기회를 찾고자 했다. 장단용을 사방으로 주유하는 방사 모습으로 분장하게 하고 배낭 속에 방술책을 넣고 혼자 임치로 가게 했다.

그 사이에 진시황의 위세는 전국에 떨쳤다. 진시황은 수레를 타고 서쪽으로 행차했는데 이는 6국을 통일한 뒤의 첫 번째 순행이었다. 그는 비록 칙지를 내려 옛 장성과 하서주랑을 따라 사막 돈황^{敦煌}으로 나아간다 했으나, 마음속으로는 불로장생약을 염두에 두었기에 수시로 정위^{廷尉} 이사에게 물었다.

"바다로 나가 선약을 찾으러 갈 고인 방사들은 구했느냐? 방을 붙인 지 여러 날이 지났는데 어찌하여 방을 떼어간 사람이 없단 말이냐? 서천의 여래불 서왕모^{西王母}는 아직 사막 돈황에 있느냐?"

이에 이사는 다음과 같이 진언했다.

"황상의 방을 천하에 공표한 지 이미 한 달이 넘었지만 떼어간 사람이 없습니다. 장담하던 후생, 노생과 한종조차도 귀머거리, 벙어리 노릇을 하고 있습니다. 제 생각으론 구주의 방사들이 선약을 찾지 못하면 황상을 속인 죄를 물을까 두려워 감히 응모하는 사람이 없는 줄로 아룁니다."

진시황은 이 말을 듣더니 마음이 울적하고 불쾌하여 종일 침묵을 지켰다.

역도에서 서불은 낮에는 숨어 지내며 밤에만 움직였다. 한인^{閑人}들의 이목을 피해 다니면서 먼저 집에 돌아가 부모의 영정에 제사 지내기로 결정했다. 그러나 그가 임치 성문 앞에 이르렀을 때 성 머리에 내걸린 10여 명의 도주범 그림을 발견했는데, 자신과 세 의형제도 그 속에 있었다. 다행히도 그는 여러 해 동안 천하의 명산대천을 주유했고 임치에 머문 날이 손에 꼽을 정도여서 그를 아는 사람은 거의 없었다. 뿐만 아니라 그림 속의 인물과 분장한 본인 얼굴은 너무나 달라서 알아보는 사람이 없었다.

바로 이때 등 뒤에서 간드러진 목소리가 들렸다. 급히 고개를 돌려보니 그의 초혼 부부 변정랑이었다. 정랑은 비록 서불과 결혼한 지 3년이 되었지만 함께 한 날보다 헤어져 있던 날이 더 많았다. 그러나 마음속으로 여전히 서불을 사랑했으며 원망의 말을 담은 것에 불과할 뿐이다. 오늘은 서 씨 가족 서른 여섯 명이 순국한 오칠 기일로, 친아들도 그 속에 있었다. 그녀도 몰래 조문하러 온 것이다.

서불은 정랑을 통해 전 가족의 장례를 치른 일을 상세히 알게 되었다. 정랑이 그녀의 오빠인 낭야군수 변학년下鶴年의 도움을 받아 장례를 후하게 치렀다는 말을 듣고 눈물이 앞을 가려 감격의 표정이 그대로 나타났다. 정랑은 서불을 데리고 성 밖 서른 여섯명의 묘지로 가서 부부는 서로 껴안고 통곡했다. 서불은 비석 앞에 무릎을 꿇고 조국을 부흥시킨 다음 추도식을 치루겠다고 맹세했다. 그리고 나서 부인에게 세 번 절하며 작별을 고하고는 진나라 수도 함양으로 갔다. 정랑이 아무리 말려도 소용이 없었다. 이때 남편의 심경을 이해했기에 어쩔 수 없이 눈물을 흘리며 멀리 떠나가는 남편을 목송했다.

서불은 산벼랑을 지나다가 배고파 쓰러졌는데 양치기 소년과 소녀 육용陸勇, 학매郝梅에게 구조되어 그들의 마을로 돌아갔다. 한밤중에 진나라 병사가 이 마을을 기습하여 진시황의 생명을 연장코자 부장할 목적으로 소년과 소녀를 징발했다. 육용과 학매도 불행히 붙잡혔다. 양가 부모는 이에 완강히 저항하다가 살해당했다.

진시황은 서순西巡하는 어가에서 상주를 들었다. 목전에 한 고인 방사가 방에 응모했는데 황상을 위해 바다로 나가 불로장생약을 찾으러 가겠다는 것이다. 진시황은 크게 기뻐하면서 즉시 서순을 중지하라 명하고 함양성으로 돌아가 방사를 친히 접견했다.

금란전金鑾殿에서 신임 좌승상 이사는 형가荊軻가 왕을 암살하려던 일이 다시 벌어지는 것을 막기 위해 풀어 놓은 병사의 경계가 삼엄했다. 온 조정의 대신들도 호시탐탐 노려봤다. 그러나 진시황은 도리어 아무렇지 않다는 듯이 그에게 두터운 신망을 보여주었다. 궁정 박사와 노생, 후생, 한종 등은 모두 괴팍하면서도 간교하고 생소하며 까다로운 문제를 냈다.

서불은 이름을 서선徐仙으로 바꾸고 손에 방술책을 들고 선 모습이 견문이 넓고 아는 것이 많은 방술 고인 같았다. 그는 진시황의 눈치를 살피고 그의 비위를 맞추고자 궁정에서 진시황을 일컬어 '만세萬歲'라고 부르는 선구자가 되었다. 진시황은 마음에 들었고 매우 흡족해 했다. 서불은 박학한데다가 유수처럼 답변하여 진시황의 절대적인 총애를 받게 되었다. 진시황은 그 자리에서 칙령을 내렸다. 이름 '불'을 '복福'으로 바꾸어 '서복'이란 이름을 내리고 박사라는 직함을 주고 '구선 대사求仙大師'에 봉했으며, 아울러 황기黃旗와 백보마^{白寶馬}를 주고 신속하게 수행원을 모집하어 바다로 나가 불로장생약을 구해오도록 했다. 선박 같은 물자와 장비는 모두 낭야군 태수 변학년이 마련해주도록 했다.

서복은 이에 감사하며 말했다.

"황상께서는 제가 불로장생약을 구할 수 있을 것으로 굳게 믿고 계시니 이 한 몸 황상께 바치겠나이다. 황상께 한 말씀 올리겠나이다. 여산의 진릉^{秦陵} 축조를 중단할 수 있는지요? 5백 여 명의 소년과 소녀를 제가 데리고 바다로 나가 불로장생약을 구하러 갈 수 있는지요? 만약에 황상께서 능묘를 축조하시면서 불로장생약을 구하시면 불경하다는 혐의를 받아 필경 선인의 화를 돋우게 될 것입니다."

진시황은 이 말을 듣고 갑자기 깨달은 듯 모두 들어주었다. 이에 서복은 5백 명의 동남동녀를 인솔하고 위풍당당하게 낭야군으로 떠나갔다.

제 5 장

친누이를 핍박하는 낭야군수 변학년

서복은 진시황의 성지에 따라 대장군 왕분王賁의 호송을 받으며 '구선 대사'라 쓰인 황기를 선두로 내세우고 5백 명의 동남동녀를 인솔하여 산동 낭야군으로 출발했다. 여산 진릉 무덤 안에서 구출된 소년 소녀 가운데는 일찍이 서복을 구해준 소년 육용과 소녀 학매도 있어서 서복은 뛸 듯이 기뻤다. 그는 학매에게 황기를 전담하게 하고 육용은 백보마를 맡았다. 길가에 늘어선 동남동녀의 부모들은 '부장하여 목숨을 빌리는陪葬借壽' 액운을 벗고 거의 죽다가 살아났다는 소식을 듣고는 서복을 세상의 일대 은인으로 보았다.

아동들의 가장은 인간 세상에 불로장생약이 정말 있을까 의심하면서도 멀리 집을 떠나 항해하는데 필요한 의복과 양식을 아이들에게 주었다. 가는 도중에 서복은 진시황의 마음이 변하여 명령을 철회할까봐 시급히 상주문을 작성하여 '방대한 진릉을 명승지로 개조하시어 구주 백성이 참배토록 하십시오'라고 건의했고, 또 "만약 동남동녀들을 부장하면 썩어가는 시체의 악취가 성상의 옥체를 더럽힐 것인즉, 병마용으로 대체하면 천년토록 부식하지 않고 만년토록 썩지 않을 것입니다. 그리고 천지와 더불어 공존할 것이고 일월과 함께 빛날 것입니다.”라고 말했다.

서복이 낭야로 출발한 다음, 함양궁에서 진시황은 항시 문무 대신, 학자 박사들로부터 서복이 선약을 찾을 수 있을지에 대한 의문과 비방을 듣게 되었다. 그러나 진시황은 좌승상 이사의 <간축객서^{諫逐客書}>의 정견, 즉 “큰 산은 작은 흙덩이를 물리치지 않아야 크게 될 수 있고, 바닷물은 실개천을 가리지 않아야 깊어질 수 있으며, 임금은 백성을 버리지 않아야 훌륭한 덕을 밝힐 수 있다”는 말을 받아들였다. 게다가 그는 평소 고집이 세고 스스로만 옳다고 믿으며 횡포를 부렸다. 또 불사약을 찾는 일에 미쳐 어떠한 이의도 대체로 받아들이지 않았다.

이른 아침에 서복이 준마편에 주장을 보냈다는 말을 듣고 진시황은 펴보고 나서 매우 타당한 말이라 생각하고 영조처^{營造處}에 명하여 대량의 병마도용을 만들어 놓아 만에 하나 불사약을 구하지 못할 경우 산 사람의 순장을 대체하라고 했다. 바다로 나가 신선과 선약을 찾으러 가는 서복을 격려하기 위해 진시황은 다시 칙지를 내려 동순을 준비하게 하여 태산^{泰山}에 올라 하늘에 제사 지내고 그 공을 돌에 새기고자 했다. 그런 다음 친히 낭야 해변으로 가서 구선^{求仙} 함대의 항해를 전송하고자 했다. 이 일로 인해 진시황 곁에서 들러리 역할만 하던 방사 노생, 후생, 한종은 영락한 느낌을 받게 되어 배후에서 '권세를 탐닉하다貪于權勢', '스스로의 재능과 지혜만 믿고 남의 말을 듣지 않는다剛戾自用'란 말로 비방당했다.

한편 서복은 일행을 이끌고 낭야군에 이르러 요안饒安, 지금의 천동진千童鎭에 정착했다. 그리고 곧장 제성諸城 군수 공관을 찾아가 처남 변학년을 뵙고 성지를 낭독하고 속히 성지에 따라 이층 배 한 척과 해선 16척을 징발하고 선원 백여 명, 인부 백 명, 그리고 오곡 등 생활물자를 모아달라고 재촉했다.

변학년은 원래 제나라의 지방 관리였다가 진나라를 위해 모반을 책동한 동창 이곤李袞을 도운 일로 공적을 인정받은 사람이다. 제나라가 멸망한 뒤 진시황은 그를 낭야군 군수로 임명했다. 그는 서불이 방술에 열중하여 누이 변정랑을 냉대하는 것을 보고 매우 분노했다. 특히 서불이 도주범이 된 뒤에는 누이를 동창인 진나라 장군 이곤에게 개가하길 누차 권했다. 이로써 자신의 군수 직위를 확고하게 하려고 했다. 그러나 정랑은 오빠를 협박하여 서 씨의 가족을 후하게 장례를 치른 뒤에야 개가하겠다고 했다.

지금 변 군수는 여전히 살아있는 서불을 보았고 게다가 천하의 사람들이 모두 옳지 않다고 생각하는 일을 무릅쓰고 방사로 변장하여 도주범이라는 신분을 숨기고 오히려 진시황의 총애를 받아 바다로 나가 신선을 구하고자 하니, 이는 군주를 속이는 큰 죄가 아닌가? 자신이 제때에 잡아들이지 못하면 구족이 멸하는 살신의 화근을 불러올 형세였다. 군수 공관에서 변학년은 서복을 붙잡아 함양으로 압송하여 표창을 받고 싶었다.

방안에 있던 누이 정랑이 이 일을 알게 되어 새언니와 함께 변학년 앞에 무릎을 꿇고 감정과 이치로 설득했다. 첫째 서 씨 가족 가운데 유일한 혈육을 살리자고 간구했고, 둘째 동남동녀 5백 명 목숨이 무고하게 순장되며 이들의 목숨이 경각에 달렸다는 것이다. 셋째는 오빠가 전날 서 씨 가족 36명의 시체를 거두어 몰래 안장했는데, 이미 조정의 왕법에 저촉된다는 것이다. 지금 서불이 진시황을 위해 신선과 선약을 구하는 일에 힘을 합쳐 비밀을 지키는 것이야말로 낭야군 군수의 첫 번째 임무라고 말했다.

마지막으로 정랑은 협박투로 말했다.

"만일 오라버니가 서불의 목숨으로 더 큰 벼슬자리를 바꾸신다면 누이동생은 당장 기둥에 머리를 부딪쳐 죽을 겁니다."

군수 부인 서 씨도 서 씨 집안에서 시집온 사람이므로 곁에서 남편을 은근히 타이르며 잇점과 폐단을 따져주며 여하를 막론하고 서 씨 가족의 생명줄을 남겨두자고 간구했다.

변 군수는 어찌할 바를 몰라 다만 모르는 체하며 낭야만에서 서복을 위해 선박과 물자를 준비해 주겠다고 대답했다. 그러나 그는 누이에게 반드시 개가하여 서복과 관계를 끊으라는 엄명을 내렸다. 아울러 서복으로 하여금 당장 이혼장을 쓰게 했다. 서복과 변정랑은 서로 바라보다가 눈물이 줄줄 흘러내렸다.

제 6 장

밤에 남편을 찾아온 변정랑

산동 낭야산은 봉우리가 아름답게 줄줄이 이어지고 험준하며 다채롭다. 장단용과 서복의 의형제 황천경, 형헌과 부기는 이미 서복이라는 용맹한 방사가 동남동녀 5백 명을 인솔하여 바다로 나가 신선을 찾고 불로장생약을 구하러 갈 것이며, 일전에 이미 낭야군 요안에 이르렀다는 소식을 들었다. 이에 사람들은 이 방사 이름이 서불과 동음이므로 십중팔구는 서불이 틀림없다고 추측했다. 모두 기쁨을 금치 못하고 눈이 빠져라 기다리며 그를 빨리 만나 바다로 나가길 바랐다.

이때 산길의 반파정半坡亭에서 사람소리가 떠들썩하게 났다. 사람들은 서복이 왔다고 오인하고 급히 하산하여 영접하려 했다. 그러나 온 사람은 서불이 아니라 진나라 장군 왕분이 진나라 병사를 이끌고 도주범을 체포하고자 산을 수색하고 있었다.

형헌은 이들을 발견하고 자신의 체격이 우람한데다 체형이 특이

하여 폭로당하지 않기 위해 급히 벼랑으로 올라가 숨었다. 황천경, 부기는 자신과 그림이 전혀 다르고, 게다가 낭야산 골짜기가 종횡으로 나있고 지형이 험준한데다가 초목이 무성하여 몸을 숨기기 쉬웠으므로 산에 은거하는 방사로 가장하고는 침착하게 대처했다.

장단용은 진나라 장수 왕분이 그녀를 조사하려고 하자, 교묘하게 속이며 말했다.

"장군은 우리를 찾으라고 구선대사가 파견한 사람입니까? 제 부친은 낭야산의 저명한 방술 고인 장선입니다. 듣자니 황상께서는 방사를 파견하여 바다로 나가 신선과 선약을 찾고자 하신다는데, 나와 두 사형에게 하산하라는 특명을 내려주시면 힘을 합쳐 함께 가서 황상의 영생불사永生不死에 진력하고자 합니다. 장군은 분명 우리를 맞아 하산토록 하러 온 것이지요?"

왕분은 초상화를 반복하여 대조해보더니 참을 수 없다는 듯이 다음과 같이 말했다.

"무슨 얼어 죽을 신선이고 선약이야, 우리는 도주범을 체포하러 왔다! 너희들이 초상화의 도주범이 숨어있는 곳을 알려준다면 조정에서 중상을 내릴 것이다."

서복은 동남동녀 5백 명을 낭야군 요안의 한 사당에 정착시켰다. 그러나 이 어린 소년 가운데에는 엄마 곁을 떠난 지 얼마 되지 않았고 문밖을 멀리 나가보지 못했으므로 밤낮으로 울고 불며 짰다. 서복은 호위 병사에게 잘 달래보라 명하고는 해상 적응 훈련을 하러 떠났다. 자신이 육용, 학매를 데리고 뱃사람보고 키를 잡게 하여 낭야만, 갈석碣石, 지금의 진황도秦皇島, 봉호蓬壺, 지금의 봉래, 전부轉附, 지금의 연대煙臺, 위해威海, 즉묵卽墨, 지금의 청도靑島, 성산成山, 일조日照, 해주만海州灣, 지금의 연운항連雲港 등 해안을 시찰하면서 출항할 항구를 현지 답사했다. 모두 좋긴 하지만 고향집 공유贛楡 서부촌徐阜村에서 조상에게 제사를 지낸 다음, 부근 해주만을 선택하여 출항하는 것이 이상적이라 느꼈다.

깊은 밤 요안읍에서는 마침 서복이 사당의 동쪽 사랑채에서 어떻게 하면 비밀리에 의형제를 숙영지로 불러들이고 해외에서 대사를 전개할까 하고 함께 의논하고 있었다. 이때 사랑채 문고리가 흔들렸다. 서복은 학매가 차를 끓여가지고 온 줄 알고 문을 열었더니, 초혼 부인 변정랑이 손에 고서와 지도를 들고 문 앞에 서 있었다.

원래 변정랑은 서불이 도주범이란 신분을 속이고 진시황의 총애를 받아 중용되었으나, 시시각각으로 위험이 도사리고 있음을 알고 있었다. 오라버니가 비록 자살이라는 협박에 굴복하여 두 사람의 재혼에 동의했고 이혼한 부부의 재결합에 동의했으나, 백년해로하기는 힘들었다. 서불의 부모가 자신을 친딸처럼 대해 준 은혜에 보답하기 위해 오늘밤 그녀는 오밤중에 찾아와 친정집에서 대대로 전해온 항해도 ≪성상도星象圖≫와 제나라 사람 감덕청甘德淸의 ≪감씨성경甘氏星經≫이란 고적을 서복에게 주면서 부군이 무사평안하게 바다로 나가길 빌었다. 그리고 자신은 한때 서 씨 가정의 며느리였으므로 서 씨 가족에게 생명의 끈을 남겨줄 책임이 있으므로, 오늘밤 서복의 아이를 잉태하여 향불을 잇게 하고 싶었다.

서복은 이 말을 듣고 갑자기 말할 수 없이 부끄러웠고 자신이 당초 내 고집만 내세워 현덕한 부인을 박대하지 말아야 했다며 뉘우쳤다. 그는 두 손으로 ≪성상도≫와 ≪감씨성경≫을 받드니 감격의 정이 흘러넘쳤다.

용구龍口의 도관에는 낭야산에서 도망한 형헌이 숨어 있었다. 그는 낮에 얼굴을 노출시킬 수 없었다. 밤에 그가 길흉을 점칠 때 갑자기 한 후배 '도사'에게 신분이 탄로 났다.

"하하, 다른 사람을 속일 순 있어도 제 눈은 못 속이지요. 당신은 진왕을 암살하려던 형가의 동생이죠!"

형헌는 깜짝 놀라 주먹다짐을 벌였다.

그러나 두 사람은 세력이 비등하여 승부를 가를 수 없었다. 원래 이 사람은 한韓 나라 승상의 후손 장량張良의 변장이었다. 그는 어려서부터 병법을 연마하였으나 지금은 나라가 멸망하여 잠시 도관에 숨어 지내면서 오로지 한나라를 중건하고자 몰두했다. 두 사람은 한두 번 겨루다가 싸움이 한나절까지 지속되자, 장량은 갑자기 형헌의 등 뒤를 가리키며 말했다.

"그만 싸우자, 네 뒤에 누구야?"

형헌이 황급히 몸을 돌려보니 아무도 없었다. 장량은 웃으며 말했다.

"네 뒤에 있는 사람은 한나라 장량이야!"

형헌은 당장 탄복하여 읍을 하고 칭찬하며 말했다.

"저는 장 장군을 따라 제 형님 형가를 위해 복수하고 싶습니다!"

요안 사당 동쪽 사랑채에서 서복과 정랑이 한 이불을 덮고 부부의 정을 다시 지폈다. 그러나 뜻밖에도 장단용이 황천경, 부기를 데리고 밤길을 걸어 찾아와 동쪽 사랑채 방문을 두드렸다.

제 7 장

사방에 말린 위기

낭야군 요안 사당의 동쪽 사랑채 방문을 두드리는 소리가 나자, 정전正殿과 서쪽 사랑채에서 잠자던 아동들이 모두 깜짝 놀라 고개를 들었다. 마침 서복과 정랑은 부부간에 일상적인 침상 속의 즐거움을 만끽하고 있었다. 이때 방문 두드리는 소리를 들은 변정랑은 깜짝 놀랐다. 그녀는 오라버니 변학년이 저지하러 왔다 생각하고 급히 일어나 이불을 개고 휘장을 쳤다. 서복은 급히 옷을 입고 문을 열며 "처남 오셨습니까?" 라고 말했다.

그러나 찾아온 사람은 군수 변학년이 아니라 사매 장단용, 의형제 황천경, 부기 세 사람이라서 쌍방은 일시에 모두 난처하게 되었다. 정랑은 장단용이 자기 부군과 사사로운 정이 있음을 알지 못하므로 예로써 접대하며 안으로 불러들였다.

장단용은 눈앞의 낭자가 서복의 첫 부인임을 알고는 즉시 언니라고 불렀는데 서복을 책망하는 기색은 보이지 않았다. 게다가 황천경, 부기를 불러 사랑채에서 나오게 하여 여인숙을 찾았다.

서복은 급히 막으면서 왜 형헌과 함께 오지 않았느냐 물었다. 단용은 지난 일을 하나하나 진술하자, 서복은 매우 애석하게 생각했다.

낭야 제성 군수 공관에서 변학년은 서복이 거짓말로 진시황의 신임을 산 것을 흉조로 느껴 편안히 잠자지도 먹지도 못했다. 그는 한밤중에 일어나 누이와 만전지책^{萬全之策}을 상의코자 누이의 방에 갔으나 누이의 그림자는 보이지 않았다. 그래서 서복이 머무는 사당으로 시급히 찾으러 온 것이다.

과연 누이는 그곳에 있었다. 게다가 낯선 두 남자와 한 여자를 보고 변학년은 마음속으로 의심이 들어 물었다.

"두 분의 얼굴은 낯이 익은데 그림에서 본 것 같소."

서복은 즉시 변명하며 말했다.

"처형, 야간에는 눈이 침침할 수 있습니다. 황 방사와 부 방사는 모두 낭야산에서 나와 함께 연단술을 익히던 방사입니다. 그들이 수년 전에 특별히 임치에 와서 부친의 병을 치료해준 적이 있지요. 부인도 봤지 않았습니까?"

변정랑은 서불이 이처럼 내막을 전하는 걸로 봐서 그 안에 속사정이 있다고 마음속으로 알아차리고 다음과 같이 둘러댔다.

"두 방사는 여전히 그대로시군요. 그날 죽은 우리 아들을 안아주시고!"

변학년은 누이가 이미 알고 있는 사이로 보고 더 이상 캐묻지 않았다. 그는 서복의 얼굴을 맞대고 고의로 누이 정랑에게 말했다.

"기왕 너희 둘은 이혼장을 썼으니 지금부턴 부부 관계가 아니다. 조정의 이곤 모사가 오늘 중매쟁이를 통해 사주를 보내올 것이고, 십일 뒤에 아내로 맞이하러 올 것이야."

말을 마치고는 곧 변정랑을 협박하여 즉각 집으로 돌아가게 했다. 정랑은 어쩔 수 없이 눈물을 흘리며 오라버니를 따라갔다.

서복은 뼈저리게 상심하다가 갑자기 문밖으로 쫓아나가 쉰 목소리로 외쳤다. "처남, 이혼장을 돌려주세요."

하남河南 원양현原陽縣 박랑사博浪沙에 진시황 어가가 동순했는데 어린 아들 호해胡亥, 좌승상 이사, 중거부령中車府令 조고가 도중에 좌우를 수행했으며, 거마가 꼬리에 꼬리를 물어 그 위세가 위풍당당했다. 그때 갑자기 공중에서 커다란 철퇴가 날아와 수레를 맞추어 수레바퀴가 박살났다. 금의마錦衣馬는 즉각 수사에 나섰는데 갈대밭 속에서 크고 작은 자객 두 명이 나는 듯이 도망가는 모습을 발견했다.

원래 이 두 사람은 다른 사람이 아니라 장량과 형헌이었다. 진시황은 분노를 참을 수 없어 전국에 체포령을 내리고 아울러 민간의 모든 병기를 거둬들여 군대에 보급하고 나머지는 모두 녹여 24만근에 달하는 동인銅人 12개와 편종을 만들라는 칙지를 내렸다.

낭야군에서 서복은 사람과 말, 물자를 수, 륙 두 길로 나누고 육로로는 진나라 장군 왕분이 호송하고, 수로로는 자신이 인솔했다. 요안읍을 떠나 공유와 해주만에 이르러 주둔지를 두 곳으로 나눠

물자를 준비하게 하고 근해에서 항해 훈련을 시험했다. 여러 아이들은 장난기가 갑자기 발동하여 집 생각하는 고통을 잊었다.

서복은 황천경에게 구선求仙의 의전을 담당하고 인사, 문서의 일을 맡겼다. 그리고 부기에게 구선의 통역 겸 물자, 선박의 일을 전담케 했다. 아울러 보초와 연락의 필요로 서복은 암수의 흑, 백 사냥개를 훈련시키고 '아해阿海', '아양阿洋'으로 이름 지었다. 네 명의 의형제 가운데 지금은 형헌만 빠졌다. 형헌과 장량은 일전에 진시황을 암살하려다 실패하고 빠른 말을 훔쳐서 낮에는 잠복하고 밤에만 주행하여 공유의 구선 주둔지를 찾아오던 도중 공교롭게도 호송하던 진나라 장수 왕분을 만났다. 장량은 기지로 도망갔고 형헌은 그 자리에서 붙잡혀 손발에 차코를 찬 채 지하 감옥에 갇혔다. 왕분은 재빨리 조정에 보고하는 동시에 형헌을 심문하여 무슨 일로 구선 주둔지로 왔는지, 서복과 무슨 관계가 있는지 물었다. 그러나 형헌은 목숨을 걸고 사실을 말하지 않았다.

밤이 되자 서복은 장단용을 파견하여 감옥에 밥을 갖다 준다는 명분으로 밥 속에 줄칼을 숨겨 구하고자 했다. 이때 진시황이 파견한 황의黃衣의 사자가 해주만 구선 함대에 와서 칙지를 전했다. 진시황이 곧 동순하여 태산泰山에 올라 봉선封禪 의식을 행하고 나서 바다를 시찰하며 주정周鼎을 건지고 낭야대琅琊臺에 제사지내고 지부芝罘를 순시한다는 것이다. 그리고 왕분에게 칙령을 내려 형헌을 신속히 성상에게 압송할 것이며 황상을 암살하려던 복벽당復辟黨을 반드시

색출하여 대진^{大秦}의 숨은 우환을 없애라 했다. 서복은 이 소식을 들
은 뒤 속수무책이어서 잠시 멍하니 서있었다.

제 8 장

범랑을 그리워하는 맹강녀

해주만 이층 배에서 서복은 소년소녀들에게 해상에서 바지로 구명복을 만드는 방법을 가르치고 있었다. 이때 형헌이 진시황에게 압송된다는 말을 듣고 깜짝 놀라 사태의 심각성을 느끼게 되었다. 이번 일로 동쪽 부상으로 건너가 진나라를 도피하려던 계획이 전반적으로 차질을 빚을 수 있을 뿐만 아니라, 구선 주둔지 전군全軍의 파멸을 불러올 수도 있다. 그는 급히 황천경, 부기, 장단용을 불러 대책을 논의했다.

황천경은 거만하나 지혜롭게 말했다.

"우리는 도주범의 신세로 나라가 망하여 도피 중인데 차라리 바다로 가는 것이 나을 것입니다. 이미 위급한 상황이라 공개적으로 나서서 구해내기는 어려울 듯합니다. 차라리 당신 전처 변정랑이 나서서 오빠 변 군수의 힘을 빌려 구조해보십시오. 달리 좋은 대책이 없습니다."

서복은 이 말에 일리 있다 생각하고 마음이 다급한 가운데 한번 시험해보기로 하고 급히 변정랑에게 편지를 썼다.

동순하는 도중에 진시황 어가는 서서히 앞으로 나아갔다. 그런데 갑자기 한 비룡飛龍 장군이 따라오더니 주장을 올렸다. 진시황은 수레를 멈추게 하고 환관에게 읽게 했다.

그 주장은 술변戌邊 대장군 몽염이 바친 것인데, 그 내용은 이러했다.

"저는 황상의 위세를 빌려서 성지를 받들어 국경을 측량하면서 흉노를 막아 실지를 수복하고 있습니다. 현재 하투河套 일대에 이미 44개의 군현을 설치했습니다. 그러나 황상의 판도를 영구적으로 확정하려면 장성 쌓는 일을 늦춰서는 아니 됩니다. 지금 기능공들이 부족한즉 속히 숙련공 10만 명을 징집하여 방대한 공사를 완성하게 해주시기 바랍니다."

진시황은 이를 듣고 마음속으로 매우 언짢았다. 이는 바다로 불사약을 찾으러 나서는 일을 엄중하게 간섭하기 때문이다. 그러나 꼼꼼하게 따져보더니 그는 곧바로 칙지를 내렸다.

"만 16세에서 45세에 달하는 모든 기능공들은 변경으로 가서 장성을 축조하라. 부역을 거부하거나 은닉하는 자는 구족을 연좌시킬 것이다."

수행하던 방사 한종은 이렇게 건의했다.

"《역경易經》의 잠언대로 황상께서는 방사의 뜻을 믿으시어 범范,

만^萬, 번^樊 씨 성의 기능공을 남북과 나이를 가리지 말고 많이 모아 모두 변경으로 보내 장성을 축조하도록 하여 한 사람이 만 사람 몫을 맡는다는 우의^{寓意}를 따르소서."

진시황은 방사를 독실하게 믿기에 흔쾌히 따라 칙지를 내려 전국에서 범, 만, 번 씨 성의 기능공을 강제로 징집했다. 이때 수행 박사 순우월^{淳于越}도 간언하여 장성 축조는 분봉제^{分封制}로 하여 제후들이 각자 감독하게 하라고 했다.

좌승상 이사는 그 자리에서 질책했다.

"일부 지식인은 현재 것을 배우지 않고 옛것만 모방하며 조정에 의론을 남발하여 행령^{行令} 제도에 심각한 혼란을 가중시킵니다."

진시황은 이에 노발대발하며 말했다.

"선비들은 요망한 말로 짐의 백성을 혼란시키고 있다^{諸生如妖言, 亂朕黔首}"

고 말하고, 즉시 어사를 파견하여 선비들을 심문하고 친히 죄를 확정한 다음 체포하여 생매장시켰다. 또 전국에 칙지를 내려 의약, 식수^{植樹}, 기술 등의 서적 이외에 개인이 수장한 유가 서적은 모두 거두어 들여 불태우게 했다. 그리고 이후에는 누구를 막론하고 사사로이 조정의 정치를 의론하는 자는 대역죄로 처리했다. 고대의 인의 정치를 들어 지금의 법치제도를 공격하는 자는 누구든 온 집안이 도륙 당했다.

황태자 부소는 옆에서 간언했다.

"아버님, 옛날의 요, 순 임금은 덕행으로 천하를 얻었습니다. 아버님께서는 바다로 불로장생약을 구하러 가는 서복을 절대 믿어서는 아니 됩니다. 전국의 백성을 징집하여 만리장성을 수축해서도 아니 됩니다. '장성'과 '장생'에서 두 '장長'자는 모두 인력과 물자를 낭비하는 짓이니, 부황께서는 재고하시기 바랍니다."

진시황은 이에 발끈 성을 내며 아들을 질책했다.

"아들아, 어찌하여 부황의 치국책에 대해 함부로 의론하는가? 하나 물어보자, 장성을 쌓지 않으면 무엇으로 변경을 침범하는 흉노를 막을 것인가? 방사를 파견하여 신선을 구하지 않으면 어떻게 불로장생약을 구할 수 있겠느냐?"

말을 마치고는 부소를 처벌하여 변경을 지키는 몽염을 감독하도록 했고, 허락 없인 함양으로 돌아오지 못하게 했다. 부소는 어찌할 수 없어 눈물을 머금고 칙지를 받들어 불만에 가득 차 떠났다.

노생, 후생은 이러한 정경을 보고 나중에 화가 자신에게 미칠까봐 몰래 빠져나왔다.

예동도豫東道에서 진나라 장군 왕분은 사로잡은 형헌을 압송하여 진시황을 영접하러 갔다. 형헌은 도망칠 궁리를 하다가, 도망친 신랑 범기량范杞良이 진나라 병사에게 붙잡히고 신부 맹강녀孟姜女가 보따리를 들고 울면서 따라가는 모습만 보였다. 그녀는 형헌도 붙잡혀 만리장성을 쌓으러가는 기능공으로 착각하여 형헌에게 범랑을 잘 보살펴달라고 부탁했다. 형헌은 맹강녀에게 그러마고 대답했다.

　해주만 해변의 군막에서 서복은 긴급히 서류를 작성하여 장단용으로 하여금 제성 태수 관저에 가서 변정랑을 찾아가 형헌을 구해달라고 부탁했다. 그러나 장단용은 자신이 임신해서 길을 나서기가 불편하다는 핑계를 댔다. 서복은 어쩔 수 없이 친히 가기로 결정했다.

　이때 맹강녀는 해주만 이층 배에 다가와서 다행히도 형헌을 만나 부탁했다고 진술하고는 서복에게 해상에서 신선을 찾는데 기능공 백 명이 더 필요하다는 명분으로 진시황에게 범랑을 구해달라고 간절히 요청했다.

　맹강녀는 울면서 간청했다.

　"범랑과 아침저녁으로 함께 지내기 위해 저도 서 대사^{徐大師}를 따라 바다로 나가 신선을 구하고 불로장생약을 찾고 싶습니다."

　서복은 맹강녀의 충정과 사랑에 감동받아 힘써보겠다고 대답했다.

진시황은 백가^{百家}를 물리치고 유독 방술만 내세워 중국 대지의 36개 군현에서는 모두 진시황의 분서갱유^{焚書坑儒} 정령^{政令}을 반포했다.

함양성 근교 들판에는 수많은 책들을 불태우느라 짙은 연기가 하늘로 치솟았다. 수도의 460여 명에 달하는 금령을 어긴 유생들은 "요망스런 말로 백성을 어지럽힌다^{爲妖言以亂黔首}"는 죄명으로 땅 구덩이 안에다가 생매장시켜 곡소리가 천지를 진동시켜 "천하에 그것을 알려서 후세 사람들을 경계시켰다^{使天下知之, 以懲後}".

공유 해주만 이층 배에서 서복은 형헌이 진나라의 혹형을 견디지 못해 자신이 동남동녀 5백 명과 오곡을 가지고 백공을 인솔하여 바다로 들어가는 진짜 의도를 자백하여 천여 명에 달하는 생명을 위험에 빠뜨릴까 걱정되었다. 하여 함대를 이끌고 부근 해역에서 항해 연습을 하는 사무를 황천경, 부기 두 의형제에게 맡기고 자신은 신속히 백보마를 타고 육용을 데리고 나는 듯이 낭야 제성으로 달

려가 전처 변정랑을 급히 찾아가 형헌을 구조할 방법을 강구하고자
했다. 가는 도중에 서복은 곳곳에 남자는 농사일을 하고 여자는 길
쌈을 하며 상업이 번성하여 많은 일들이 대거 시작되는 형세여서
백성의 생활이 전국 시대보다 안정되었음을 목도했다. 그리고 강제
로 추진한 수레 궤도, 문자, 풍속, 도량형의 통일 등 신정^{新政}으로 교
통, 경제, 문화부흥의 새로운 싹을 촉진시켰다

그러한 모습을 본 서복은 진시황에 대한 원한이 줄었을 뿐 아니
라, 도리어 마음속으로 그를 찬탄하기까지 했다.

'진시황은 영웅호걸이로다. 전국칠웅^{全國七雄}이 할거, 분열하던 어지
러운 국면을 끝냈으니, 실로 사직의 다행이요, 천하의 위대한 업적
이로다.'

낭야군 군수 관저에는 오색 등이 걸렸고 붉은 모직 융단이 땅에
깔렸다. 변학년은 자기의 견해만 고집하여 누이 변정랑을 재가하라
고 핍박했다. 그는 문지방으로 넘어오는 서복을 보고 노발대발했고
말도 오만불손했는데, 곧바로 서복이 친필로 쓴 '이혼장'을 보이며
축객령^{逐客令}을 내렸다.

서복은 자신이 결코 정랑과 재혼하기 위해 온 것이 아니라 사실
은 의형제 형헌을 구하기 위해 군수 공관을 찾아왔다고 말했다. 변
학년은 형가의 동생이 서복과 의형제 관계라는 말을 듣고는 이 일
이 진시황에게 알려지는 날에는 반드시 연루되어 그 재앙이 변 씨
집안에 미칠 것이라 생각하고 이를 호되게 막으려고 했다. 서복은

전혀 물러서지 않고 형세를 분석하고 이해관계를 따지면서 변학년을 진퇴양난에 빠지게 했으며, 결국 서복을 데리고 누이 방에 가서 음모를 꾸미는데 동의하게 되었다.

그런데 누가 알았겠는가? 변정랑은 서복을 마음속으로 잡고 싶었으나 결코 재혼하려 하지 않았다. 그녀는 서복에게 유서를 남기고는 목매 자살을 시도했다. 서복은 유서를 보고는 뼈저리게 상심했다. 급히 방술을 써서 정랑을 살려내고 부인을 껴안으니 눈물이 비오듯 했다. 변 군수는 자신이 제나라 왕과 친척인 서불을 비호하여 진시황에게 불충했다는 혐의를 벗기 위해 사람을 죽이려는 계책을 내어 서복에게 형헌을 압송하는 도중에 독약을 '내려' 죽여 후환을 없애자고 건의했다. 이에 서복은 화가 나서 옷소매를 뿌리치고 떠났다. 그는 진시황을 만나 형헌의 사형을 사면해 달라 하기로 결정했다.

한밤중에 하늘에서 운석이 떨어지자 한 귀족이 주었다. 운석 위에는 '진시황은 죽고 영토는 분할된다始皇死而地分'라는 글귀가 새겨져 있었는데, 이것은 하늘의 뜻이라고 거짓말했다. 어떤 사람은 산의 귀신으로 가장하고는 노란옷의 사자를 붙잡고 '올해 안에 조룡祖龍이 죽는다'고 소리치고는 숨어버려 산신의 뜻인 것처럼 꾸몄다. 일부 방사들은 이를 두고 흉조라고 확고하게 풀이했다.

진시황의 어가는 동쪽으로 향해 곧장 오악 가운데 으뜸인 태산으로 갔다. 태산에 올라 봉선 의식을 거행하고자 하는데, 홀연 세상에

'운석각자殞石刻字', '어복단서魚腹丹書'와 '구화고명篝火狐鳴' 따위의 괴상한 사건과 방사의 뜻풀이를 듣고는 깜짝 놀라서 선약을 구하고 싶은 그의 강렬한 갈망을 야기했다.

이때 서복이 급히 다가가 상주를 올렸다.

"만세께서 동쪽으로 행차하신다는 말을 듣고 저는 어가를 맞으러 왔습니다. 바다로 나가 신선을 찾고 선약을 구하는 일은 모두 준비되었습니다. 그러나 해상의 여러 신선들은 천성이 상서롭고 조화로우며 불로장생약은 동남동녀만이 다룰 수 있으니, 만세께서는 오늘부터 세 가지 금지 사항, 즉 분노하지 말 것, 멋대로 징발하지 말 것, 살육하지 말 것을 선포해주시기 바랍니다. 만세의 천하는 이미 흥성하여 인심이 안정되고 법도가 통일되었으니 칙지를 내리시어 살인을 면해 주시고 관송寬鬆, 관용寬容, 관후寬厚의 '삼관三寬' 정책을 시행해주십시오. 아직 나쁜 죄를 짓지 않은 범인을 변방이나 사막, 황무지 산이나 무인도로 유배하여 농사짓거나 광산을 채굴하거나 방직하게 하여 영원히 돌아오지 못하게 하십시오. 만일 이대로 하신다면 무고하게 함부로 살인했다는 폭군이라는 악명을 벗어날 것입니다. 신이 이번에 해상으로 나가 삼신산에 올라 신선을 구할 터인즉, 만세께서는 가시는 김에 형가의 동생 형헌 등을 데리고 나가 추방시키십시오. 만세께서는 영명하시고 인자하신 중국의 군왕임을 신선들에게 널리 알리시기 바랍니다."

진시황은 이에 대하여 심사숙고했다. 형가가 이미 죽은 것은 자

업자득인 셈인데, 짐이 무엇 하러 그 동생까지 죽이겠는가? 이에
마침내 칙지를 내려 형헌을 서복에게 인계해주고 무인도로 추방하
라 명하고, 이로써 신선이 불로장생약을 선심 써서 내놓도록 했다.

제 10 장

구선의 첫 항해

태산 산록에서 서복은 진시황에게 작별 인사하면서 대뜸 한 가지 제안을 했다.

"만세 폐하, 제가 바다로 나가 신선을 찾으려나갈 터이나 해상은 육지와 비교할 수 없을 만큼 환경이 열악하기에 한 가지 여쭐 일이 있습니다."

진시황은 매우 친절하게 말했다.

"짐이 천하를 통일했으니 무슨 일이든 할 수 있느니라. 짐이 너를 바다로 나가 신선을 찾게 했으니 무슨 일이든 말하거라."

서복은 확고하게 말했다.

"만세께서는 신선의 거처를 찾기 위해서 각 방면의 기능공을 배치하여 해상의 돌발 사건에 대처하셔서 만세의 구선 사업을 완성토록 하시길 바랍니다."

진시황의 사상 속에는 생명이 가장 귀중한 것이라서 선약을 구하는 일이 만리장성을 수축하는 공사보다 훨씬 중요했다. 그는 즉석에서 흔쾌히 칙지를 내렸다. 즉 불로장생 선약을 구하러 가는 무리가 만리장성 수축 무리 가운데 정련된 기능공을 선발하여 우선 구선의 요구를 만족시키도록 허락했다.

형헌은 서복이 진시황 면전에서 그럴 듯하게 꾸며대며 조리 있고 당당하게 말하여 자기의 운명을 바꾸게 할 줄은 꿈에도 몰랐다. 그래서 대협곡에 이르렀을 때 그는 쇠사슬로 그를 압송하던 진나라 병사를 때려 협곡 속으로 떨어트리고 수갑을 찬 채 도망갔다.

서복이 낭야에서 공유 구선 진영으로 돌아와서야 형헌이 이미 도망친 사실을 알고 매우 유감으로 생각하고는 장단용, 학매를 긴급히 파견하여 칙지를 받들어 맹강녀와 함께 신속히 장성 수축팀에 가서 각 분야의 기능공 100명을 선발하게 했다. 범기량도 이번에 풀려나게 되었다. 돌아오는 길에 장단용은 여인으로서 측은한 생각이 갑자기 들어 범기량과 맹강녀 부부의 결합을 성사시키고 바다에 나가 선약을 구하는 위험을 덜어주고자 그들을 집에 돌아가도록 풀어주었다. 맹강녀와 범기량은 매우 기뻐하면서 다시 붙잡혀 노역하게 될까봐 두 사람은 북산北山 야묘동野猫洞으로 숨었다.

진시황은 태산에서 제례를 지낸 다음 낭야산에 올라 낭야대를 수축하고 돌비석을 세워 그 덕을 칭송하면서 명산의 8신神으로 하여금 조만간 불로장생약을 구할 수 있게 도와달라고 빌었다. 이때 방사 한종은 경전의 전고를 인용하여 진시황을 위로했다.

"처음에 연燕나라 사람 송무기宋无忌, 선문羨門, 자고子高의 무리는 육체에서 해탈하여 불사의 법술을 시행했다고 알려졌습니다. 연, 제나라에서는 모두 다투어 배웠지요. 제나라 위왕威王, 선왕宣王과 연나라 소왕昭王은 모두 그 말을 믿고 사람을 파견하여 바다로 들어가 봉래, 방장, 영주를 찾게 했습니다. 이 삼신산이 발해 가운데 있으며 거리도 멀지 않단 말을 듣고 곧 순풍이 불 때 배를 타고 가서 그곳에 이른 자에게 상을 내렸고, 불사약도 이곳에서 구했습니다. 서복이 선약을 구하러 떠나면 반드시 좋은 소식을 가져올 겁니다."

진시황은 이 말을 들은 뒤 더욱 이끌려 칙지를 내려 선약을 구하러 가는 서복을 위해 낭야대에서 분향하고 축원하게 했으며, 아울러 봉화를 붙이는 것으로 신호를 삼았다.

서복이 성지를 받들어 공유 해주만으로 돌아와 형헌의 거취를 물어봐도 전혀 소식을 알 수 없어 매우 슬펐다. 그는 황천경, 부기 두 의형제에게 신속히 바다로 나갈 준비를 하라고 하면서 장단용을 데리고 서부촌의 사당에 들어가 기도했다. 서 씨 종족의 기능공들은 모두가 장성 축조나 궁전 건축, 오령五嶺의 수비를 원치 않았기 때문에 모두가 구선 대오로 흡수, 편입되었다. 육용, 학매 등 아동들은 이를 보고 매우 기쁜 나머지 뭇 기능공들을 '사부'라고 불렀다.

이튿날 해주만 거락하車絡河에서 바다 입구로 들어가는 백사장은 전송 나온 마을 사람들로 인산인해를 이루었다. 오백 명의 동남동녀와 백 명의 기능공 및 선원들은 모두 해주만 백사장 앞의 무리지은 사람들 앞에 무릎을 꿇었고 깃발이 하늘을 덮었다. 이층 배 위에는 황기 아래의 서복의 기세가 나는 듯했고, 방사의 복장은 장중하고도 번쩍번쩍 빛이 났다. 그는 천지신령과 바다의 용왕에게 머리를 조아려 절을 한 뒤 불꽃을 붙여 낭야 방향의 진시황에게 출항 신호를 보냈다. 장생을 구하고 장성을 축조하는 일은 진시황 일생의 두 가지 역사적인 대사였는데, 그는 이러한 정경을 보면서 구선 함대가 대해로 출발하길 시급히 요구했다.

이때 가깝고 먼 봉화대에서 봉화가 오르자 북 소리와 음악 연주 소리가 일제히 울렸고 예포^{禮砲}를 예순 여섯 발 쏘아 진시황의 대사가 순조롭길 은유했다. 한 척의 화려한 이층 배는 긴 용 같은 16척의 함대를 이끌고 대해로 출항하는데, 그 모습이 무척 장관이었다. 장단용은 사방을 둘러보다가 부친 장선이 전송하러 나오지 않은 것을 알고 몰래 눈물을 닦았다.

낭야대 앞에 태수 변학년은 한 손으로 관^冠을 받치고 한 손으로는 관인^{官印}을 들고 말했다.

"만세께서는 죄를 내려주십시오! 서복은 사실 제나라 왕 전건의 친척입니다. 황상을 위해 불로장생약을 찾겠다는 일은 거짓말이고 사실은 대륙을 도피하여 동쪽 부상으로 건너가기 위한 것입니다."

그런 다음 그는 서복과 변 씨 집안 관계를 진술하고 황상에게 죄를 다스려줄 것을 요구했다.

진시황은 이를 듣고 '하아' 웃으며 말했다.

"변 군수, 당신은 짐이 눈멀고 귀먹었다고 생각하는가? 짐은 일찌감치 서복이 보통사람이 아니며 또 예사로운 사람이 아님을 파악했노라. 오늘 짐이 그를 파견하여 바다로 들어가 선약을 찾게 했는데 만약 불로장생약을 찾아서 돌아오면 짐이 그를 용서할 수도 있을 것이다. 그러나 선약을 찾지 못한다면 그가 돌아왔을 때 죽여도 늦지 않을 것이야. 그가 죄를 두려워해 감히 돌아오지 못하고 망망대해에서 죽는다면 사람들이 짐더러 '포악하다'는 오명을 벗겨주겠지. 짐은 그 보잘 것 없는 목선으로 바다의 거센 파도를 견디지 못할 것이며, 멀리 부상으로 건너지 못할 것으로 생각하노라."

문무백관과 수많은 방사들은 듣고 난 뒤 모골이 송연하고 사람마다 두려워하며 서복이 처음 불렀던 대로 연거푸 소리 내어 진시황을 칭송했다.

"우리 황제 만세! 우리 황제 현명하십니다!"

제11장

외딴 섬에서 만난 야인

드넓은 대해에 구풍颶風. 허리케인이 불고 계란만한 우박이 떨어졌으며 산채 같은 파도가 밀려왔다. 오백 명의 동남동녀들은 모두 배 멀미로 구토했으며 많은 사람들이 우박을 맞아 다쳤다. 백보마와 소, 돼지, 양, 닭은 모두 소리 지르며 날뛰고 사냥개 '아해'와 '아양'은 도도한 대해를 향하여 미친 듯이 '컹컹' 짖어댔다. 그 광경은 참혹했다. 구선함 중에는 풍랑 속에서 잃어버리거나 전복되고, 암초에 부딪혀 두 동강 난 배도 있었다.

서복은 폭풍과 우박을 버티며 이층 배 난간을 붙잡고 세 가지 색깔의 깃발을 흔들어 외딴 섬으로 긴급 대피하여 바람을 피하도록 지휘했다. 그러나 7호, 19호, 24호의 구선함은 벌써 온 데 간 데 없었다. 학매, 육용 등 다수의 내륙 출신 소년들은 해상훈련을 받았다고는 하나 대해라는 연옥의 고통을 처음으로 겪었으니 거센 파도의 요동과 흔들림에는 견디기 힘들었다.

외딴 섬의 백사장 하늘에 거센 바람과 우박이 갑자기 밀려왔다 사라지자, 절반 가량의 동남동녀들은 이미 열이 나고 탈수 증세를 보이고 배탈이 나는 등 사태가 심각했다. 서복은 장단용과 함께 순시하며 방술로 긴급 구조에 나섰다. 그러나 탈수, 고열에 대해서는 전혀 효과가 없었다.

서복의 가슴은 타들어가는 듯하여 ≪제병원류론諸病源流論≫과 ≪신농본초경神農本草經≫ 등의 의약 서적을 반복해 찾아보았다. 장단용은 갑자기 바위틈에서 맑고 기이한 향기가 풍겨오는 냄새를 맡고 부친 장선이 말했던 약초 쇠비름이라는 생각이 들었다. 서복은 이를 보고 초경草經 그림을 대조하더니 문득 크게 깨달았다. 이 약초가 바로 열을 내리고 이질을 멎게 하고 붓기를 가라앉히며 해독 작용이 있는 쇠비름이었고, 게다가 그것은 이 외딴 섬에 지천으로 깔려 있었다.

두 사람은 선원, 기능공, 육용, 학매 등 아동들을 신속히 인솔하여 바위를 오르내리며 될 수 있는 대로 많이 채집했다. 이때 육용은 바다에서 세 사람을 태운 고기잡이배가 파도와 사투하며 외딴 섬으로 오고 있는 모습을 발견했다. 서복은 장선이 딸의 안위에 대해 불안하여 제자를 데리고 배를 몰아 쫓아오는 것이라 여겼다. 장단용은 뛸 듯이 기뻐하며 소리를 지르며 백사장으로 맞으러 갔다. 그러나 고기잡이 배 위에 서있는 사람은 가까이 올수록 장선 같지가 않아서 서복을 놀라게 했다.

“이상하다. 이번엔 누굴까? 진시황이 환관을 파견하여 빨리 돌아오라는 칙지를 내린 것은 아니겠지 ……."

낭야산 반파정 앞에 장선은 방사의 행낭을 메고 전송하러 나온 동행에게 작별을 고하고는 문의하는 사람에게 그가 해안선을 따라 월越 땅절강성 동부으로 남하하여 바다에서 봉래, 영주, 방장 등 삼신산을 찾으러 간다고 말했다. 어떤 이는 왜 서복, 딸과 함께 발해로 가서 선도仙島, 선인, 선약을 찾으러 가지 않느냐고 물었다. 장선은 웃으며 발해에는 삼신산이 결코 없으며 잘못 전해진 것으로, 남방으로 가야만 찾을 수 있다고 말했다. 서복과 딸이 그의 권고를 듣지 않자 화가 난 까닭에 그는 전송하러 해주만에 가지 않은 것이다.

장선이 하산하여 남쪽으로 가려고 할 때 마침 낭야군수 변학년이 보낸 사람을 만나게 되었는데, 장선을 하산케 하여 누이 변정랑의 병을 치료해달라고 부탁했다. 장선은 본래 거절하려고 했으나 딸의 입에서 서복의 전처 변정랑은 현명하고 지혜로우며 남편의 가족 36구의 시체를 후하게 장례를 치러줬다는 감동적인 말을 듣고, 그녀의 덕망을 생각하여 진료해주겠다고 허락했다. 아울러 자신이 평생토록 조제한 장생약 '선초정仙草晶: 지금은 '철피석곡풍두鐵皮石斛楓斗'라고 부름'을 가지고 갔다.

낭야대에서 진시황은 바다로 나가는 서복의 구선 함대를 전송한 뒤 장생 선약을 일찍 찾아오길 기도했다. 이튿날에는 또 어가가 낭야만과 갈석지금의 태산에 이르러 분향하고 하늘에 제사를 지냈다. 좌승상 이사는 중거부령中車府令 조고에게 명하여 석공을 감독하여 갈석의 바위에 '덕은 삼황을 뛰어넘고 공은 오제를 덮는다德超三皇. 功蓋五帝'는 글자를 새겨 공덕을 기록하게 했는데, 큼직한 진전秦篆은 매우 빛났다. 진시황은 이에 대하여 마음이 끌리지 않아 근심하며 말했다.

"어젯밤 짐이 꿈속에 서복이 이미 선도에서 불로장생약을 구한 것을 보았다. 그러나 그 자신이 사사로이 복용하며 헌납하길 거절했느니라. 어떻게 처리하면 좋겠느냐?"

이사는 일찌감치 서복의 말을 본받아 진시황을 일컬어 '폐하'에서 '만세'로 바꾸어 말했다.

"만세, 노신老臣이 일전에 지혜와 용기를 갖춘 무장을 파견했습니다. 명목상으로는 호위군이지만 사실은 서복의 행동거지를 감독하는 것입니다. 서복이 불로장생약을 구하게 되면 만세께 감히 바치지 않을 수 없을 겁니다."

대해의 외딴 섬 해안에 고기잡이배가 다가왔는데, 뱃머리에 검을 차고 활을 멘 장군은 바로 승상 이사가 파견한 감독관 이곤이었고 서복의 전처 변정랑을 빼앗아 간 원수이기도 했다. 근래에 그가 아내의 상을 당하여 동창인 변 군수의 누이 변정랑을 취하여 재취로 삼으려 하기 때문이다. 정랑은 서복을 깊이 사랑하며 서복이 신선을 찾아 성공하는 날 바로 그녀가 재가할 것이라고 맹세했다. 이곤은 참으며 기다릴 수밖에 없었는데, 때마침 승상이 그를 구선영求仙營 감독관으로 파견하는 바람에 명을 받들어 따라오게 된 것이다.

서복은 조정에서 자신의 원수를 파견할 걸 보고 마음속으로 안절

부절 못하였다. 부기와 황천경은 기회를 엿보아 죽이자고 제의했다. 그러나 서복은 이를 제지하며 뭇사람에게 당부했다.

"동쪽 부상으로 건너갈 계획을 완수하기 위해 경거망동하지 말고 조심하라."

외딴 섬의 산봉우리가 푸르게 이어지고 등나무넝쿨이 나무를 칭칭 감았다. 서복은 명을 내려 많은 배를 바다에 띄워 실종된 배를 찾게 했고, 함대는 외딴 섬에서 대기하고 아울러 항해에 쓸 용도로 사람들에게 약초를 채집하라고 했다. 장단용은 일군의 선남선녀와 사냥개 '아해'와 '아양'을 데리고 계곡으로 가서 약초를 채집하며 구토를 멎게 하는 차조기 줄기紫蘇梗, 강여薑茹, 반하半夏도 함께 캤다.

학매와 육용은 서 대사가 바다로 나가 신선을 찾는 진정한 의도와 잠재적인 위험을 알지 못하고 재미있을 것으로 알고 광야에 풀어놓은 사불상四不像마냥 기뻐 날뛰었다. 그리고 시도 때도 없이 장단용에게 물었다.

"사모님, 우리가 신선을 찾지 못하고 불로장생약을 구하지 못하면 우리는 어떻게 하죠? 우리 엄마, 아빠가 보고 싶어요."

오누이인 소애蘇艾와 소엽蘇葉이 사모님에게 말하길, 그들 친척이 모두 죽었는데 불로장생 약초를 찾지 못하더라도 오누이를 섬에 머물게 하고 옷가지와 먹을 것, 도구 등을 주어 외딴 섬에서 살게 해달라고 간청했다. 죽어도 황릉에 순장되고 싶지 않다는 것이다. 그러나 여러 아동들은 집 생각이 나서 안색이 뻣뻣했다.

이때 갑자기 봉두난발의 세 사람이 손에 작살을 들고 그들에게 달려와 아이들은 깜짝 놀랐다. 장단용이 보니 이들은 야만적인 데다가 흉악하게 생겼다. 이에 육용에게 빨리 돌아가 보고하게 하고 검을 쥐고 아이들을 보호했는데, 사냥개도 야인에게 끊임없이 짖어댔다.

외딴섬 백사장의 황기 아래에서는 서복이 마침 황천경, 부기와 더불어 항로를 연구하고 있었다. 육용은 허둥대며 달려와 사모님이 그들을 데리고 약초를 캐다가 봉두난발한 세 명의 흉악한 악인을 만나 생명이 위험하니 빨리 구해달라고 보고했다.

이에 황천경이 말했다.

"대선大仙의 시위侍衛를 만난 것이 아닐까?"

서복은 세상에 진짜로 신선이 있으랴 하고 의혹을 품고 즉각 부기의 용사대勇士隊를 인솔하여 섬의 내지로 달려갔다. 내지 산간에서 장단용은 임신한 몸으로 세 야인과 고투하였고 사냥개들도 온 힘을 다해 주인을 보호하며 야인에게 미친 듯이 덤벼들어 짖어대므로 야인들은 일시에 가까이 다가서지 못했다. 학매, 소애, 소엽 등의 아이들은 사모님의 이와 같은 처지를 목격하고는 각기 돌과 몽둥이를 쥐고 사모님 좌우에서 밀착하며 보호했다. 장단용의 복부가 갑자기 꼬이듯이 아프고 안색이 창백해지더니 하반신에서 피가 흘러 버티기 힘들게 되자, 세 야인이 붙잡아 산굴로 데려갔다. 학매와 소애는 울부짖으며 사모님을 구하려다 그들도 붙잡혔다. 뭇 아이들이 울부짖고 개들이 짖는 소리가 외딴섬의 하늘을 꿰뚫었다.

진시황이 동순하는 도중에 좌승상 이사는 환관으로 하여금 소형의 도자 병마용의 견본을 바치게 하고는 동남동녀의 순장을 대신하도록 하고 성상에게 크기와 제작 수량을 정해달라고 부탁했다.

진시황은 이 말을 듣고 썰렁하고 적적한 저승을 연상하고는 우울하고 풀이 죽어 말했다.

"기왕 만들려면 진짜 사람 크기로 만들어야 한다. …… 천군만마를 더 많이 만들어 화려하게 하라."

갑자기 그는 도용을 던져 깨트리며 화가 나서 말했다.

"너희들은 이처럼 불길한 물건을 만들어 짐이 일찍 죽기를 바란 것이냐? 서복이 이미 바다로 나가 불로장생약을 구하러 가지 않았느냐? 왜 아직도 아무 소식이 없는 것이냐?"

여러 대신들은 놀라서 안색이 흙빛으로 변했고 벌벌 떨었다.

승상 이사가 급히 말했다.

"만세께서는 노여움을 푸시옵소서. 도용 제작은 만일의 경우를 대비하기 위해 마련해둔 것입니다. 서복이 바다로 나가 신선을 찾는 일에 이곤을 감독으로 파견하십시오. 만약 돌아오지 않거든 가족들에게 책임을 물으십시오.”

이에 확실을 기하기 위해 진시황은 즉각 방사 한종을 파견하여 백 명을 데리고 바다로 나가 서복의 함대를 따르게 했다. 한종은 어찌할 도리 없이 이에 따르게 되었다.

낭야부에서 변 군수는 장선을 불러 누이 변정랑의 맥을 짚어보게 했다. 그리고 그는 임신을 축하한다며 임산부의 체질이 허약하다 말하곤 자기가 조제한 ‘선초정’을 주어 보양케 하였다. 변정랑은 자기가 정말로 서 씨 가족을 위해 아이를 가졌단 말을 듣고 기뻐서 ‘선초정’을 복용했더니 돌연 혈색이 돌아오고 병이 나았다. 변 군수는 이를 보고는 양미간을 찌푸리더니 악랄한 계책이 마음속에 떠올랐다.

해상의 외딴섬 벼랑 아래의 산굴 앞에 검정개 ‘아해’는 끊임없이 짖어댔다. 서복, 부기 등은 긴급히 육용을 따라 소리 나는 곳을 찾아 달려오니 세 야인은 재빨리 산굴에서 빠져나와 도망갔다. 서복은 급히 산굴을 찾아 들어가서 부인 장단용과 학매, 소애가 칡덩굴에 묶여있는 모습을 보았다. 장단용은 이미 쇼크를 받아 하반신 아래의 바위는 선홍색으로 물들였다. 서복은 재빨리 응급조치를 했다. 이때 낭떠러지 아래에서 또 흉악한 야인 다섯 명이 추격해 왔다. 부기는 상황을 파악하고 용사대를 지휘하여 한바탕 죽기 살기로 싸웠다.

이때 감독 장군 이곤은 부하를 데리고 서둘러 쫓아와 싸움을 도

왔다. 서복은 그들을 제지하며 야인에게 큰 소리로 외쳤다.

"우리는 진시황의 성지를 받들어 바다로 나가 불로장생약을 찾으러 가는 중이다. 오백 명의 동남동녀들은 신선을 찾기 위해 온 것이니, 너희들이 야만적으로 무례하게 군다면 신선은 반드시 너희들에게 재앙을 내릴 것이다. 만일 너희들이 의좋게 도와준다면 우리는 배에 실린 옷가지와 오곡을 너희들에게 줄 것이다."

야인들은 말귀를 알아듣는 듯 말없이 손을 늘어뜨렸다. 야인들은 괴상한 소리를 지르더니 머리를 돌려 도망쳤다.

제 13 장

밤에 배를 약탈하는 왜인

외딴섬의 내지는 원시 생태여서 초목이 무성했다. 야인들이 먼 곳에서 달려와 누런 수염의 노인과 긴급히 상의했다. 그들은 이것 저것 지시하다가 외딴섬에서 불청객의 방대한 함대를 발견했다며 배를 훔쳐서 이 죽음의 섬을 떠나자고 상의했다.

이때 맨발의 야인 세 명이 달려와 보고하자, 누런 수염의 노인은 일을 크게 그르쳤다고 여기고는 분노가 가시지 않아 연이어 뺨을 때렸다. 그러나 야인을 때리면서도 얼굴에는 미소를 띠고 때로는 고개를 끄덕였다.

대륙의 갈석기공비碣石記功碑 앞에서 진시황은 선약의 효과를 상상하며 혼자 득의양양해 했다. 그는 해변을 떠날 생각을 하지 않고 서복의 해상 구선에 대한 온갖 가설을 제시했으며, 이따금 장성 수축의 진행 과정을 묻기도 했다. 옆에서 모시던 낭야군 태수 변학년은 진시황이 그가 서복의 진상을 속인 데 대해 추궁하지 않았으나, 요행 중에도 마음속에 여전히 두려움이 남아 있었다. 이때 그는 다시 상주하며 말했다.

"만세, 낭야산에 저명한 방사 장선이란 사람이 있는데 학식이 연박하고 방술이 기묘합니다. 일전에 제 누이가 질병으로 고생할 때 그가 조제한 단약丹藥으로 제 누이의 허약한 증세를 치료한 적이 있습니다. 약을 먹자 즉시 나았으며 죽은 사람을 살렸으니 편작扁鵲도 이에 미치지 못할 것입니다. 제가 곰곰이 생각해보니 진기한 약임에 틀림없습니다. 만세께서 장기간 복용하신다면 반드시 장수하시어 청춘을 영원히 간직하실 것입니다."

진시황은 이 말을 듣고 기뻐하며 장선을 불러오라 명했다.

외딴섬에서 위독했던 동남동녀들은 병세가 나아지자 갈수록 집 생각을 하게 되었다. 장단용은 유산으로 인해 황기 아래에서 정양靜養하였고 학매, 소애 등 일군의 소녀들은 약초를 캐서 부인에게 식별해달라며 가르침을 청했다.

"장래에 너희들 모두 아이를 잉태하게 될 것이야. 유산의 조짐이 보이면 세 가지 조치를 해야 해. 첫째 반드시 누워서 휴식을 취해야 한다. 둘째 벽려薜荔, 저마苧麻, 지유地楡, 애엽艾葉, 선모仙茅 등 지혈초止血草를 따서 계란을 삶아 복용해야 한다. 셋째 삼보三寶를 써서 태아를 안정시켜 유산을 방지해야 한다."

남자 아이는 계란을 주워오는가 하면 불을 피워 닭을 잡아 고와 사모님을 보양시켰다. 이곤은 남몰래 육용을 외진 곳으로 불러들여

황천경, 부기 두 사람의 내력을 물어보았다. 그러나 육용은 모르는
체하고 시치미를 뚝 뗐다.

낭야산에서 변 군수는 진시황의 성지를 받들어 낭야산으로 장선
을 모시러 갔으나 초막엔 사람이 안 보여 갑자기 자신이 올린 계책
이 번거롭게 되리라는 예감이 들면서 후회막급이었다.

대해 외딴섬의 밤에 아이들은 백사장에서 모닥불을 피워 그들을
무는 모기를 쫓아냈다. 누런 수염의 노인이 봉두난발의 7명을 데리
고 배를 훔치러 오자 검둥이, 흰둥이 사냥개가 짖어댔다. 서복은 교
묘하게 빈 장막을 설치하고 부기와 이곤에게 명하여 선원과 기능공
을 데리고 신속히 돌아와 포위하게 하여 야인들을 낭떠러지로 몰아
세웠다.

누런 수염의 노인은 애걸복걸하며 용서를 구했다. 귀족 출신의
황천경은 일찍이 그의 부친과 외국 사절을 접촉한 적이 있어 '외국
어'에 다소 능통했다. 서복은 왜인과 대화하게 했다. 누런 수염의
노인은 전전긍긍하더니 머리를 감싸며 황천경과 담판했다.

원래 이 '야인'들은 동해 바다 부상^{扶桑}, 후소오 규슈^{九州} 아리아케해<sup>有明
海</sup> 해안의 긴류우^{金立} 평원에서 온 토착부락 사람이었다. 누런 수염의
노인은 이름이 겐조^{源藏}인데, 그곳 토착 여왕 부락의 외삼촌이며 집
에는 딸 하나를 두고 있었다. 그들은 석 달 전에 배를 타고 서쪽으
로 건너와 중국 대륙에 와서 동방 문명과 도작^{稻作} 기술을 배우려다
가 심한 태풍을 만나 배가 뒤집히는 바람에 이름 없는 외딴섬에 표

류하고 있었다. 지금까지도 수개월째 발이 묶여 지나가는 배를 약
탈하며 고향 부상으로 돌아가고자 했다.

서복은 곰곰이 생각하더니 누런 수염의 겐조를 이층 배로 불러
먹을 것을 주고 부상 사람들의 풍토 인정과 동도 항로에 대해 상세
히 물어봤다. 겐조는 말을 더듬거리며 동쪽 부상으로 건너는 항로는
두 개인데, 하나는 한반도 서해안을 따라 제주도를 거쳐 부상 단주豐
州, 지금의 일본 규슈九州의 아리아케해 해안으로 가는 길로 '연안 항선'이라
하는데, 건너기가 쉽지 않다고 했다. 그들은 일찍이 한국 남해군의
상주尙州, 지금의 경상남도에서 보름 이상 지체한 적이 있는데, 비록 삼한 부
락 사람의 정성어린 도움을 받았으나 성공하지 못했다. 다른 노선은
'남로 항선'인데 월浙東 땅에서 동쪽으로 향하여 흑조黑潮 주류와 쓰시
마對馬 항선의 난류로 들어가 북상하여 부상 규슈의 아리아케해 해안
으로 가는 코스인데, 이것이 '제일 좋은 항선'이라 했다.

서복은 갑자기 눈앞이 확 트이는 듯하여 이 왜인들을 받아들이고
남로 항선을 택해 함께 부상으로 건너가고자 했다. 그러나 갑자기
다시 마음이 바뀌어 부기에게 명하여 수레, 소를 실은 배 한 척을
왜인에게 주고 양식과 옷가지를 보내주었다. 아울러 외딴섬을 '거
우도車牛島'라 이름하고 구선자의 성의와 선의를 보였다. 누런 수염의
겐조는 감격하여 눈물을 흘렸고 나막신을 신은 서복의 발을 보더니
신기하게 여기며 한 켤레 달라고 조른 뒤에 동료들을 불러 배에 올
라 떠났다.

이곤은 장막에 들어가 질책했다.

"서 대사, 어찌하여 해적 왜인들을 풀어주었습니까?"

이에 서복이 대답했다.

"이 장군, 불로장생약을 구하려는 진시황을 위해 반드시 선행을 많이 해야만 신의 도움을 받을 수 있습니다. 다시 말하면 대진^{大秦}의 운령^{雲嶺} 고원은 바로 왜인 조상의 근거지입니다. 우리의 먼 조상 역시 왜인 혈통이 흐르는 사람이니 마땅히 도와줘야죠."

이때 바다로 나가 수색하던 선원 주로대^{周老大} 등이 돌아와 보고하길, 한국 남쪽 상주 금산^{錦山} 해변에서 수많은 동남동녀의 시체가 발견되었다고 한다.

제 14 장

남한에서 만난 삼한 부락

거우도에서 서복은 동남동녀의 시체를 발견했단 소식을 듣고 함대로 하여금 즉시 모이라 하고는 남행하여 수색 작업을 벌였다.

이때 이층 배 앞에는 작은 산만한 거센 파도가 솟구치고 여러 마리의 큰 용고래이 선두를 막는 바람에 장단용의 유산 조짐이 일어 '출혈' 증세가 더 극심해졌다. 이곤과 여러 사람들은 바다의 요괴가 요술을 부리는 것으로 의심하여 혼이 나간 듯 멍해졌다. 서복은 부기 용사대에게 명하여 강노彊弩를 쏘게 했으나, 그 효과는 미미했다. 침묵을 지키던 감독관 이곤은 서복의 전처 변정랑을 취하려 했기 때문에 서복과의 관계가 미묘하여 본체만체 하였다.

부기와 황천경은 귓속말로 서복과 형수의 명예와 지조를 지켜주기 위해 이러한 대 풍파의 기회를 틈타 이곤과 그의 두 시종을 바다 속으로 밀어 넣어 용의 먹이로 주자고 했다. 이때 서복은 비할 데 없이 무거운 중압감을 느꼈다. 실종된 아이들과 선원의 생명과

도 관계가 있을 뿐만 아니라, 망망대해에서 천 여 명의 선원을 진나라 군사가 도달할 수 없는 동해 바다 부상으로 데려가야 하니, 이는 얼마나 어려운 일인가.

월 땅 연해에서 장선은 향산^{香山}의 고봉에 올라 동해를 조망해보니 맑은 하늘 아래에 큰 배와 작은 도서^{島嶼}가 완연히 보일 뿐, 옆에는 무수한 작은 섬이 드러나 인간 세상의 선경보다 나아 보여서 매우 기뻐하면서 크게 소리 질렀다.

"동해에는 반드시 봉래가 있다. 이 향산에서 봉래의 선도^{仙島}에 곧장 이를 수 있다."

이때 갑자기 딸과 서복을 생각하고는 왜 불로장생약을 찾으러 동해로 나가지 않는가 하고 책망했다.

남한 상주 금산 아래의 해변에서 서복 함대가 바람을 헤치고 파도를 가르며 거대한 교룡과 싸운 뒤 이튿날 새벽에 마침내 금산 아래의 사고 난 해안^{지금의 벽련포碧蓮浦와 두모포豆毛浦}에 이르러 보니 과연 백사장 곳곳에 부러진 돛대와 노, 갑판, 함지, 나막신, 물레 등이 떠다닐 뿐 동남동녀의 시체는 보이지 않았다. 바로 의구심이 들 때 금산의 숲속에서 징이 울리며 화살이 쏟아지더니 삼면에 '진한^{辰韓}', '마한^{馬韓}', '변한^{弁韓}'이라 쓰인 음양팔괘 깃발이 나뭇가지에서 흔들렸다. 그리고 나서 흑, 백, 갈색의 날랜 말 세 마리를 타고 높이 병기를 추켜든 용사들이 함대를 향해 빠르게 달려왔다. 서복은 급히 함대에 명을 내려 닻을 내려 정박하게 하고는 동정을 살폈다.

진시황은 지부도芝罘島를 동순하는 도중에 우연히 출상하는 상여를 만났다. 이를 보니 가슴이 아파 마치 죽음의 신이 곁에 있는 듯하여 그 음영을 지을 수가 없었다. 어린 아들 호해와 중거부령 조고는 진언하면서 서복의 구선이 아무 소식이 없는 걸로 봐서 허무하고 아득한 일이니, 만세께서 낭야 태수 변학년에게 칙지를 내려 기한을 정해 '선초정'을 바치도록 했다. 바로 이때 또 대신이 상주하여 만리장성에서 도망가는 사람이 갈수록 늘어서 유능한 장인들이 부족해 공사 진행이 매우 느리다고 말했다.

진시황은 평생토록 모든 일이 순조롭게 진행된다고 생각했다. 역도驛道를 닦고 흉노를 정벌하고 백월百越을 항복시키며 아방궁阿房宮을 건설하고 여산묘驪山墓를 파는 등 하나도 이루어지지 않은 일이 없었는데, 유독 장성 수축과 불로장생약을 구하는 일은 뜻대로 되지 않자 마음속으로 고민거리가 생겼다. 이에 즉각 칙지를 내려 노역에서 도망하거나 꾸물거리는 자들을 엄벌하게 했다. 그러나 그가 여산 능묘 얘기를 꺼내자 다시금 장선을 찾아 약을 가져오는 화제를 끌어냈다.

낭야군수 관저에서 변학년은 장선을 찾지 못하여 일시에 칙지에 답하지 못하게 되자, 급히 누이 변정랑에게 남아있는 '선초정'을 요구했다. 변정랑은 장선이 준 약을 진시황에게 바쳐서 벼슬자리를 확고하게 다지겠다는 오빠의 소식을 들었다. 자신이 오빠 집에 더 머무르면 서복을 위해 아이를 낳는 일에 큰 위험이 도사리고 있음을 알고, 남은 '선초정'을 숨기고 몰래 집을 떠났다.

남한 금산 해변에서 서복 함대는 삼한 부락 민단과 대치하게 되었다. 서복은 한국의 토착민이 구선 함대를 약탈하러 오는 줄 알았다. 그러나 삼한 부락은 일전에 한종이라 불리는 방사가 이끈 백 명의 이민단을 받아들였는데, 지금 해적이 공모하여 섬에 상륙하여 약탈하는 것으로 여겼다. 쌍방이 대치하는 가운데 정신이 정정한 노파가 큰 대나무 광주리에 앉아서 다가오는 모습이 보였다. 삼한의 용사들이 보더니 모두 말에서 내려 무릎을 꿇고 머리를 조아렸다.

노파는 유창하지 않은 중국어로 이층 배를 향하여 말을 했는데, 대강의 뜻은 '어디서 오신 형제인지는 모르나, 백 살 된 노파의 말 한 마디를 들으시오. 공자孔子는 사람의 어짐을 우선으로 하고, 불의한 재물은 얻을 수 없다고 주장하셨소. 이층 배와 복장을 보니 당신들도 우리 조상의 친정인 대륙 사람들이니 빨리 진한秦韓을 떠나시오. 우리 세 현손玄孫은 쉽게 화를 일으키지 않을 것이오. 빨리 배를 몰아가시오! 떠나시오!'

서복은 기뻐서 놀라며 학매에게 급히 구선 깃발을 걸게 하고 육용에게는 동남동녀들을 집합시켜 함대의 갑판에 세운 다음 큰 소리로 찾아온 뜻을 진술했다. 백 살의 노파는 보고 듣더니 연신 기뻐하며 손을 흔들어 현손에게 당부하여 곤경에서 벗어나게 하여 마을로 받아들였다. 아울러 해난을 당한 아동들은 이미 금산 암벽 아래에 매장되었으며, 구조된 사람은 지금 마을에서 치료하고 요양 중이라 말했다.

원래 백 살 먹은 노인은 주나라 초기에 한국으로 이민 온 상商 나라 왕숙王叔 기자箕子의 후예로, 지금까지도 '국國'을 '방邦', '궁弓'을 '호弧', '적賊'을 '구寇'라 하는 습속을 쓰고 있으며, 아울러 '진한秦韓'이라 자칭했다.

서복은 무리를 이끌고 상륙하여 금산 암벽 아래의 합장묘 앞에서 죽은 영혼을 위해 제도濟度하였고 아울러 삼신제와 제천제祭天祭를 거행했는데, 그 의식이 매우 장중했다. 이때 마침 동방의 태양이 힘차게 솟아오르자, 서복은 석공을 시켜 암석에 '서복이 일어나서 솟아오르는 태양을 향해 예를 올렸다徐福起禮日出'라는 여섯 글자의 대전자大篆字, 蝌蚪文, 지금의 금산 암벽에 있다를 새기게 했다.

제 15 장

제주의 노인과 청년

남한 상주의 진한^{辰韓} 부락 마을에서 서복은 구선의 임무를 완수하지 못해 나중에 진시황이 병사를 파견하여 죽일까봐 해변에서 성을 쌓고 참호를 파고 훈련하며 휴식하고 정비하게 했다. 백공, 기능공들은 산에 올라 수렵하고 동남동녀들은 기화이초^{奇花異草}와 인삼을 캐고 단약을 조제했다. 아울러 그를 따라온 방사 한종과 비밀리에 만나기도 했다.

한종이 말했다.

"우리는 모두 어쩔 수 없이 구선하러 진나라를 떠났으니 서로 입장을 난처하게 만들 필요는 없습니다. 나의 '한'씨 성은 당신보다 한발 앞섰으니 삼한은 일찍이 저를 같은 종족으로 여겨 백인단^{百人團}을 받아들여 마한, 변한 땅에 정착하게 했으니 서 대사께서는 반드시 떠나셔야 합니다."

서복은 이 말의 속뜻을 알고 백 살의 노인 태조모^{太祖母}에게 절하고 삼한의 도움을 받을 수밖에 없었다.

보름 뒤에 서복은 고려인삼으로 보양하고 안색이 홍조를 띠기 시작하는 장단용의 모습을 보더니 곧 서적, 기구, 종자와 희귀한 물품을 주고는 병들고 허약한 아이들을 진한 땅에 머물게 하고 태조모와 한 씨 삼형제와 이별하고 뱃고동을 울리며 원항에 나섰다.

공유 역도驛道에서 서복의 전처 변정랑은 우마차를 타고 낭야를 떠나 공유 서부촌으로 찾아가 서 씨의 친척을 물었다. 한 노인이 알려주길, 마을의 서 씨 종족은 서복이 무리를 이끌고 바다로 들어간 뒤 진시황이 몽매에도 그리던 불로장생약을 찾지 못해 연루될까 두려워 분분히 마을을 떠나 남쪽으로 갔다는 것이다. 어느 방향으로 갔느냐고 물으니 월 땅 연해 향산 오저산岙底山, 지금의 자계시慈溪市 용산진龍山鎭 오저촌岙底村이라고 대답했다.

대해에서 구선 함대는 망망한 안개로 인해 방향을 잃었다.

서복은 변정랑이 준 《성상도星象圖》와 《감씨성경甘氏星經》 등의 책을 찾아보고는 함대의 방위를 측정해보려 했으나 아무 도움이 되지 못했다. 이층 배와 기타 여러 척의 함대는 이미 암초에 부딪쳐 담수창淡水艙이 파괴되어 짠물이 스며들었다.

짙은 안개가 걷히고 뙤약볕이 태우는 듯하여 사람들의 입은 마르고 혀가 아프기 시작했다. 서복과 조용히 누워있던 장단용은 한 무리의 동남동녀들에게 《효경孝經》의 구절을 풀이해주며 이를 빌어 아동들에게 갈증을 잊게 했다.

새벽에 배의 밖에서 환호 소리가 나더니 선원들이 큰 섬을 발견했는데, 폭포가 높은 산에서 떨어져 흘러서 신산神山같다고 하였다. 부기는 섬에 올라 급수하며 배를 수리하자고 건의했다. 서복은 지난번에 당한 '야인'의 교훈을 받아들여 함대로 하여금 닻을 내려 대기하게 하고 자신이 육용 등 몇몇 아동을 데리고 상륙하여 보니, 이 섬의 숲이 빽빽하고 산이 높으며 폭포 소리가 귀청을 떨어지게 하는 것 같았다. 나무 위에는 큰 구렁이가 기어 다니고 나무 아래에는 멧돼지, 승냥이와 이리, 여우, 사슴 등이 돌아다녔다. 더 깊은 곳으로 가보니 해골과 백골이 온통 널려 있었다. 마침 현지 조사를 하는 사이에 앞에서 갑자기 화려한 복장을 한 여러 명이 길을 막고는 입으로 크게 외치며 진나라 첩자를 죽이라고 했다. 서복은 형세가 불리함을 알고 급히 육용에게 함대로 돌아가 위급한 상황을 보고하게 하고, 자신은 검을 빼어 적과 맞섰다.

바다 앞의 해면에서 함대의 뭇사람들은 갈증을 견디기 힘들어 분분히 상륙하여 식수를 길으러 가다가 뱀과 전갈에게 물려 부상자가 속출하여 정세가 위급했다. 부기는 이를 막을 방도가 없었고 이곤은 분노하여 책망했는데, 두 사람은 서로 의견이 맞지 않아 격투가 발생하여 구선 함대는 일대 혼란이 벌어졌다.

이때 육용이 돌아와 나쁜 소식을 보고했다. 장단용은 허약한 몸에도 불구하고 검을 빼서 부기와 이곤을 꾸짖고는 용사대에게 뱀에게 물리지 않도록 천으로 다리를 감싸게 한 다음, 솔선하여 육용을 따라 산으로 달려갔다. 암석 위에는 선혈 흔적이 보이고 동남동녀의 시체 몇 구가 널려 있었다. 낭떠러지의 동굴 앞에는 검은색 깃발이 비스듬히 걸렸는데, 위에는 '반진복국反秦復國'이라는 네 글자가 쓰여 있었다. 서복은 큰 나무에 묶여 있고 귀족 자제 몇몇이 심문하는 중이었다.

서복은 다음과 같이 변론했다.

"저는 진나라에서 파견한 첩자가 아니요, 더욱이 녹림의 도적도 아니올시다. 저는 진시황을 위해 불로장생약을 찾으려는 통령대사統領大師 서복이라 합니다."

귀족 자제들은 듣고 나서 더 흉악하게 말했다.

"우리들은 날마다 진시황이 빨리 죽기를 바라는데, 너는 감히 폭군을 위해 불로장생약을 구해주려하다니, 진나라의 첩자보다 더 혐오스럽구나. 그를 매달아 죽여라!"

장단용은 허약한 몸으로 서복을 긴급히 보호하며 말했다.

"안됩니다! 우리들은 당신들과 마찬가지로 역시 …… "

그러나 서복은 갑자기 장단용의 말을 끊으며 말했다.

"쓸데없는 소리 하지 마. 나는 죽어도 아깝지 않으나 4, 5백 명의 아이들이 이 때문에 목숨을 잃을 수 있어! 너희들의 두령을 불러와 나의 마지막 유언을 듣도록 하라!"

이때 신체가 건장한 한 무사가 산골에서 나와 서복을 보더니 잠시 멍해 있다가 급히 앞으로 달려가 큰 돌 위에 무릎을 꿇고 큰 소리로 외쳤다.

"형님, 형님도 제주도에 왔구려!"

이 사람은 딴 사람이 아니라 서복이 밤낮으로 염려하고 백방으로 탐문했던 조정의 도주범 형헌이었다. 원래 형헌은 대륙에서 진시황을 암살하려던 장량과 헤어진 뒤 몸을 숨길 곳이 없어 대해를 건너 인적이 드문 제주도에 상륙한 것이다. 아마도 영웅이 본 것은 대략 같은데, 원래 육국 귀족의 노인과 청년들이 모두 이곳에 모여 영웅 형가의 동생 형헌을 대왕으로 천거하고 반진反秦 세력을 확충하여 조국을 다시 세우기를 도모하였다.

형헌은 친히 서복의 몸을 풀어주고는 큰 소리로 말했다.

"여러 형제분들, 이 분은 제가 늘 말했던 제나라 왕 전건의 사촌 동생 서복 형님입니다. 진시황은 그의 이름 '불市'자를 '복福'자로 고치고 천여 명을 인솔하여 바다로 나가 불로장생약을 찾아오게 했습니다. 그러나 사실 서복 형님은 여러분과 마찬가지로 골수에는 이미 네 글자가……."

형헌이 '반진복국'을 꺼내려 할 때 갑자기 서복이 말을 끊었다.

"동생, 말이 빗나갔네. 이곳이 설마 해상의 신산이 아니란 말인가?"

제주도 영주산瀛州山, 지금의 한라산 폭포 옆의 동굴 앞에서 형헌은 서복의 질문을 듣다가 웃으며 말했다.

"형님, 이곳은 동해의 큰 섬입니다. 원주민은 적은데 호란胡亂이 일어 그 이름을 '호도胡島'라고 합니다. 우리 육국이 멸망한 뒤 반진복국反秦復國을 위해 동주공제同舟共濟: 배를 타고 함께 건넘의 섬으로 여기고 '제주도濟州島'라 하였습니다. 이 고산은 본래 영주산이라 하는데, 우리는 잠시 함께 거주하고 있으므로 이곳을 '합(한)라산정방合(漢)拿山正房'으로 부릅니다. 제가 형님께 묻겠습니다. 형님이 동쪽의 부상으로 가신다더니 어떻게 진나라 땅에서 멀지 않은 섬까지 오시게 되었습니까?"

서복은 머리를 흔들며 대답하지 않았다.

산동 경내에서 진시황이 순찰하는 도중에 위세가 사방에 떨치고 매일같이 온갖 일을 처리하면서도 마음만은 서복의 신선 찾는 소식에 가 있었다. 대신들이 주정周鼎은 국가의 상징이라서 칙지를 내려 이를 인양해야 한다고 말하며 황상께서 친히 보시라고 건의했지만, 진시황은 흥미를 보이지 않은데다가 갑자기 머리가 어지러워지는 바람에 대신들은 놀라서 당황했다.

제주도 한라산 정방폭포 옆의 바위굴에서 육국의 노인과 청년들은 한참 흥이 나서 서복과 함대를 모두 이곳에 남겨 이 섬을 차지하고 왕으로 삼아 장기간 고수해야 한다고 말했다. 뿐만 아니라 이 섬에는 선인, 선약이 없으나 '고암란高岩蘭, 神仙果'이라 불리는 불로초가 있는데, 토착민들은 이를 보양품으로 여긴다고 말했다.

서복은 정면으로 대답하지 않고 에둘러 말했다.

"제군들의 과분한 호의를 받았습니다. 진시황이 평소 성질대로 한다면 최종적으로 제군과 그를 위해 구선하는 사람들을 용서하지 않을 것입니다. 대륙과 제주도는 동해에 맞닿아 있고 가까운 거리에 있어 어떠한 방위선도 철옹성이 될 수 없습니다. 진시황은 조만간 바다를 건너와 소탕할 것입니다. 저는 어려서부터 싸움을 혐오하고 방술의 도를 좋아해 천지의 분석, 오덕의 전이와 음양괘산의 술에 빠졌으며 바다에는 반드시 신선이 거주하는 봉래, 방장, 영주라는 삼신산이 있다고 굳게 믿습니다. 신산이 있다면 신선이 거주할 것이고 신선이 거주하는 곳이라면 선초가 있을 것이며, 선초가 있으면 반드시 불사약이 있을 것입니다. 제군들이 만일 왕권의 욕망을 버리시고 함께 불로장생의 도를 연구하시겠다면, 저는 제군을 기꺼이 받아들여 천지의 항구적인 대업을 함께 이루고 싶습니다."

이때 장단용은 갑자기 안색이 하얘지더니 끝내 출혈 과다로 졸도하여 목숨이 끊어졌다. 서복은 몹시 비통해하며 낙담했다. 그는 항로 선정이 잘못되어 아내와 아이를 모두 잃게 되었다며 처음으로 동쪽으로 건너가 세운 공을 모두 버리고 실패로 돌렸다. 이때 재봉사 홍洪 사부가 달려와 보고하길, 이곤이 시종 두 명을 데리고 배를 타고 대륙으로 돌아간다고 하자, 모두 대단히 두려워했다.

대륙의 팽성彭城 사수泗水 가에서 진시황은 북과 음악의 반주 소리를 들으며 주정을 인양하는 실황을 보고 있다가 갑자기 가슴이 답답하여 대신들에게 말했다.

"육국이 통일되고 천하가 귀순하여 짐이 제위에 올랐고 주정을 손에 넣었으나, 요즘 의식이 없고 조화를 잃어 장차 늙어 죽을 듯한데 불사약은 어찌 구하지 못하느냐?"

좌승상 이사는 위로하며 상주했다.

"만세께서는 걱정하지 마옵소서. 날마다 낭야군수 변학년에게 독촉하여 '선초정'을 바치라 하였고, 또 칙지를 내려 장선을 찾게 했습니다. 뿐만 아니라 서복이 천 여 명의 무리를 이끌고 바다에 나가 선약을 구하고 있습니다. 또 이곤 장군과 방사 한종 감독도 쫓고 있고, 온갖 방법을 동원하고 있으니 반드시 좋은 소식을 갖고 조정에 올릴 것입니다."

한편 제주도 동굴 안에는 횃불이 환하게 빛나고 암석이 높고 험준하였다. 서복은 황천경, 부기, 형헌과 밤새우며 상의하면서 앞으로 나아갈 방향을 분석했다. 첫째는 제주도에 나라를 세우면 이는 한반도의 섬이고 구역도 협소하고 대륙과는 지척에 있어 만일 진시황이 이곳에 우리가 진나라를 피해 칭왕했다는 소식을 알게 되면 병사를 파견하여 죽이러 올 수도 있다는 것이다. 일단 전쟁이 발생하면 땅이 좁은데다가 시간도 촉박하여 돌이킬 여지가 없다는 것이다. 이곳은 결코 이상적인 곳이 아니다. 둘째로 닻을 올리고 멀리 동해 바다 부상으로 건너가는 도중에 양식, 식수를 보급하기 어렵고 조류도 불순하여 반드시 조난을 당한다는 점이다. 세 번째는 대륙으로 돌아간다면 진시황은 반드시 선약에 대해 추궁할 터인즉, 수많은 사람의 목숨은 기구하고 생사를 예측할 수 없다는 것이다. 뿐만 아니라 진시황은 도주범을 사면하는 칙지도 내리지 않았으니 돌아가면 덫에 걸려드는 것이다.

형헌은 모든 것을 형님의 결정에 따르자고 했다. 낭야로 돌아가 다시 숨을 수도 있고 혹은 동도할 방도를 세울 수도 있는 것이다. 황천경은 해양의 조류에 대해 무지한 점을 자책하며 왜인 겐조 노인이 가리켜 준 남로 항선을 선택하여 다시 동쪽으로 건너야 한다고 말했다. 부기는 몰래 절동으로 남하하여 서 부인의 시체를 대륙으로 옮겨 후하게 장례를 치르자고 건의했다. 마지막으로 서복은 부기의 의견을 따르기로 결정했으나, 부인 장단용의 유체를 대륙으로 옮겨 안장하는 일에는 반대했다. 그 이유는 동남동녀들이 부모

곁을 떠나서 자신을 따라 죽을 터인즉, 현처도 영원히 그들과 함께 해야 하고 사랑스러운 어린 혼을 수호해야 한다는 것이다.

이튿날 새벽에 제주도의 항구 백사장에서 서복은 죽은 아내 장단용과 죽은 동남동녀들을 위해 성대한 해장海葬을 거행했다. 하늘에 제사를 지내고 하얀 비단으로 시체를 싸서 대나무 뗏목에 실어 천천히 바다 속으로 밀어 넣었는데, 그 모습이 매우 비장했다.

이어서 서복은 또 한라산의 폭포 암벽 위에 '서불과차徐市過此'라는 네 글자를 새기고 제사지낸 바위를 '조천석朝天石'이라 명하고 아울러 고의로 함대를 포구에 모으고는 물이 새는 구멍을 보수하게 했고 식수를 채우게 했다. 항구 언덕에는 비석을 세우고 위에 '서귀포西歸浦: 사실은 虛歸浦'라는 세 글자를 새겼다. 이는 함대가 대륙으로 돌아가는 일을 위장하고 가는 방향을 아무도 모르게 숨기기 위해서다. 수많은 구선 함대는 망망한 대해 속으로 서서히 사라졌다.

제17장
신기한 방술

공유에서 변정랑은 서 씨 사당에 들어가 조상에게 도와달라고 절하는데, 사당의 뒷산에서 상심한 여자의 울음소리가 들렸다. 서 씨 사당의 뒷산 야묘동野猫洞에서 범기량이 진나라 병사에게 발각되어 붙잡혀 가는 바람에 맹강녀의 우는 소리가 선량한 변정랑의 발길을 끌었다. 두 사람이 만나 서로 마음속의 고통을 털어놓으며 사당 안으로 자리를 옮겨 방법을 생각했다.

군수 변학년은 진시황이 기한을 정해 그에게 장선이 조제한 '선초정'을 바치라고 하여 누이에게 얻으려 했으나 변정랑은 도리어 협조하지 않고 남아 있던 '선초정'을 가지고 집을 나왔기 때문에 가복을 데리고 서씨촌으로 찾으러 오게 된 것이다. 맹강녀는 교묘하게 계략을 써서 변정랑을 엄호하여 오빠의 추격을 따돌렸다.

산동 낭야대 행궁에서 진시황은 신선을 찾으러 바다로 나간 서복의 소식을 기다리다가 여러 대신들의 반복되는 간언 때문에 어쩔 도리 없이 함양 황성으로 돌아왔다. 이곤은 구선 함대에서 돌아와 진시황에게 보고하였다.

"만세, 서복은 무리를 이끌고 만세를 위해 바다로 불로장생약을 찾으러 나갔는데, 저는 승상의 명을 받들어 감독 함대를 따라 제주도 영주산에 이르러 수개월 동안 온갖 고생을 했지만 아직 선약을 얻지 못했습니다. 그러나 서복은 도리어 조정의 도주범을 받아들였습니다. 일전에 그는 또 이 섬에 숨어 있던 육국의 청년, 형가의 동생 형헌과 집단을 결성했으니 만세께서는 속히 병사를 파견하여 바다를 건너 그들을 소탕하시옵소서."

진시황은 서복의 구선 이야기가 나오자 부드러운 말투로 말했다.

"이 장군, 짐이 서복에게 칙지를 내려 바다로 나가 신선을 구하게 한 일에 대해서 대우도 주도면밀하지 않고 상도 후하지 않은 듯싶소. 그가 여러 범인들과 함께 의기투합했다 하더라도 그가 짐을 위해 선약을 구하는데 최선을 다하면 그뿐이오. 짐은 추궁하지 않겠소. 짐이 늙었으니 선약을 빨리 바치길 바랄 뿐이오."

이곤은 진시황의 말을 듣고 난 뒤 말없이 물러나왔다.

공유의 서부촌 사당에서 맹강녀가 범기량을 그리워하며 그녀의 여동생이 지은 <십이월화명^{十二月花名}> 사계조^{四季調}를 부르자, 변정랑도 서복이 그립기도하고 또 오빠가 좇아올까 두려워하여 급히 월 땅으로 남하하여 서 씨 친척을 찾아 출산하고 싶었다. 크게 감동한 맹강녀는 본래 대사 부인을 모시고 남하하여 절동의 옛집 영해현^{寧海縣} 상주湶州의 고향으로 돌아가야 했지만, 북쪽으로 떠나간 범기량의 의복이 얇아서 변방의 추위를 견디지 못할까봐 남편을 위해 천리 길을 떠나 겨울옷을 보내주기로 결정했다.

이날 밤 변정랑은 맹강녀를 전송하고 다시 사당에 들어와 조상님들이 남편의 출항이 성공하도록 도와주고 자신이 남하하여 아이를 낳을 수 있게 도와달라고 기도했다.

해주만에서 서복은 희미한 달빛에 의지하여 작은 배를 저어 닻을 내려 정박한 다음, 이층 배를 떠나 상륙하여 서부촌에 이르렀다. 그는 친족들이 자신의 구선이 성공하지 못하면 연루될까봐 모두 남하했다는 말을 듣고, 서 씨 사당에 들어가 조상님께 절하고 함대를 인솔하여 남하하려고 했다. 이때 바로 사당에서 기도하던 변정랑은 사람이 들어오는 소리를 듣고 급히 도망갔다.

일이 교묘하게 되려고 그랬던지 변 태수와 이곤도 가복을 이끌고 서부촌에 와서 변정랑을 찾으러 서 씨 사당 문을 들어섰다. 마침 머리를 조아리며 절하던 서복은 달빛 가운데 변 군수와 이곤이 들어오는 모습을 발견하고 크게 놀라 자신이 발각당한 줄 알고 급히 해변으로 도망쳤다. 변 태수와 이곤은 행적이 의심스런 사람을 발견하고 곧바로 좇기 시작했다. 변정랑은 조상의 사당에서 오래 머물기가 불편함을 알고 닭이 울고 동틀 무렵 혼자 길을 떠나 남하했다.

반년 뒤 함양궁 안에서 진시황은 병들어 정양하며 중거부령 조고에게 부탁하여 둘째 아들 호해에게 국가의 법률을 익히기 편하도록 죄의 판결 방법을 가르쳤다. 조고는 이 기회를 이용해 호해를 사주하여 장성에서 국경을 수비하고 있는 태자 부소를 대신하여 부황이 붕어한 뒤 그 직위를 계승토록 했다.

이때 긴급 소식이 궁에 들어왔는데, 서복의 구선 함대가 해안선을 따라 월 땅으로 남하하고 있으며, 선약을 바칠 기미는 아직 보이지 않는다는 것이다. 조고와 둘째 아들 호해는 이 소식을 듣고 기뻐하고는 고의로 숨기고 보고하지 않았다. 진시황은 병든 가운데 장생약을 갈망하여 급히 성지를 하달하여 이곤에게 명하여 구선 함대를 돌아오게 하고 서복의 체포령을 내렸다.

월 땅의 연해 구장현句章縣 향산香山, 지금의 자계시慈溪市 경내의 달봉산達蓬山의 초막 입구에서 장선은 온 정성을 다하여 <동해봉래선도도東海蓬萊仙島圖>를 그렸다. 한 산민山民이 달려와서는 산 길가에 한 임산부가 졸도했다고 말했다. 장선이 급히 달려가보니 낭야 군수의 누이 변정랑이었다. 급히 초막으로 부축하여 옮겨 치료했는데, 서 씨의 종족을 찾아 출산하기 위해 천리나 되는 길을 남하했다는 말을 듣고 그는 매우 감동하여 그 초막에 잠시 머무르게 하고 남천한 서 씨 친족을 찾는데 도와주었다.

서복은 진시황의 성지와 봉호封號에 따라 거대한 구선 함대를 이끌고 해안선을 따라 남하했는데, 연해의 변방邊防 관아에서는 모르는 체 할 수 없어 정성스럽게 보급품을 제공했다. 함대는 상산象山 해안에서 상륙했는데, 현지 사람은 해적이 상륙하는 줄 알고 스스로 방어하기 위해 우물 속에 독약을 넣는 바람에 무수한 동남동녀들의 생명이 위독하게 되었다. 서복은 급히 병의 원인을 밝혀서 증세에 따라 투약함으로써 뭇 아이들은 위험한 상태에서 벗어나게 되었다. 현지 사람들의 걱정거리를 풀어주기 위해 서복은 '하늘의 뜻을 받들어 도를 행하고, 죽어가는 사람을 구하고 부상자를 돌본다替天行道, 救死扶傷'라 쓰인 깃발을 내걸었다.

이때 한 정장亭長의 딸이 밥을 짓고 있을 때 취화통吹火筒 안에 숨어 있던 지네가 목구멍으로 들어가 뱃속에서 무는 바람에 생명이 위태롭게 되었다. 서복이 즉각 날계란과 돼지피로 관장灌腸했더니 지네가 항문을 통해 나왔다. 그의 방술은 상산 사람들을 감동시켜 민중의 도움을 받게 되었다.

서복은 산속에서 도관道觀을 세우고 개간하여 양식을 비축하고 단약을 제조하며지금의 상산은 단산丹山, 현성縣城을 단성丹城이라고도 부른다, 물자를 준비하여 다시 부상으로 건너가고자 했다.

하루는 서복이 도관에서 어민에게서 동해의 계절풍과 흑조의 이동 방향을 물을 때 갑자기 나이든 방사가 안으로 들어와 검을 뽑아 서복의 인후를 노렸다.

제 18 장

교묘하게 만난 하모녀

상산의 도관에서 서복이 늙은 방사에게 검으로 인후를 공격당하자 어민이 급히 일어나 보위하며 보검을 빼앗았다. 서복이 눈여겨보니 바로 사부이자 장인 어르신이신 장선이 온 것이다. 갑자기 슬프기도 하고 놀라운 심정이 가슴속에 솟구쳤다. 그는 즉각 어민들에게 풀어주라 말하고는 장인 앞에 무릎 꿇고 어인 일로 이곳에 오셨는지 물었다.

원래 장선은 연해에서 삼신산을 찾을 때 북쪽에서 상산 해안으로 가는 방대한 함선을 목격했다. 그 이층 배와 편대가 작년 공유 해주만에서 출항한 서복의 구선 함대와 매우 흡사함을 보고 딸을 찾으러 왔다가 뜻밖에도 학매를 우연히 만나 딸 장단용이 제주도에서 죽었다는 흉보를 듣고 거의 실성할 지경이었다. 이 때문에 분노하여 검을 빼들고 서복을 찾아와 죽기 살기로 싸운 것이다.

서복은 눈물을 흘리며 말했다.

"장인 어르신, 서복이 설령 동남동녀 500명의 생명을 구하기 위한 것이 아니었다 하더라도 혼자서는 이 세상에 구차하게 살고 싶지 않습니다. 저는 반드시 장단용과 영아와 함께 대해에 잠들 것입니다. 오늘 장인께서 서복에게 죽으라고 하신다면 서복은 결코 원망하지 않고 죽을 죄를 달게 받겠습니다. 그러나 이렇게 되면 단용 아가씨의 남은 바람을 완성할 사람이 없게 됩니다. 그녀와 죽은 아이의 생명 가치도 헛되이 없어지는 것입니다."

장선의 두 눈에선 눈물이 종횡으로 흘려내려 억제할 수 없었다. 갑자기 그는 서복에게 일러주었다.

"너의 전처 변정랑은 서 씨 가족의 후손을 잇기 위해 임신한 몸으로 천리 길을 남하하여 서 씨 종족을 찾아 일전에 월 땅 해변 향산에 왔다네. 내가 이미 그녀를 초막에 잠시 머무르게 했으니 곧 출산하게 될 것이네."

서복은 이 말을 듣고 은혜에 감사드리며 서둘러 변정랑과 만나고 싶었다.

향산의 초막에서 변정랑은 마침 낡은 옷으로 영아의 강보를 만들고 있었는데, 이곤이 시종을 데리고 찾으러 왔다. 변정랑은 진시황이 그를 파견하여 '선초정'을 달라고 독촉하거나 시집오라고 핍박하러 온 줄 알았으나 태연자약하게 말했다.

"이 장군께서 먼 길을 오셨는데 결과적으로 장군을 실망시켜 드릴 것 같습니다. 방사 장선이 제게 준 영약은 이미 전부 복용하여 보양하였으니 진시황이 달라 해도 이미 늦었나이다. 그밖에 제가 무슨 덕망과 재주, 미모가 있다고 장군께서 이 천리 길을 쫓아오셨나요? 그러나 이번 행차를 보고 이 장군께서 저를 심히 사랑해줌을 알았으니 저는 감동했습니다. 오늘 이미 장군에게 발각된 이상 저는 이 자리에서 알려드리나이다. 제가 장군께 개가하려면 세 가지 조건에 대답해야 합니다. 첫째, 결혼 날짜는 서복의 아이 생후 1개월 이후로 한다. 둘째, 장군께서는 서복의 구선 활동을 성공하도록 돕고 서복의 항해를 방해해서는 안 된다. 셋째, 저를 도와 월 땅으로 남천한 서 씨 종족을 찾아 순산하도록 도와야 한다. 이 세 가지 조건을 따르지 않으시면, 저는 어떠한 일이 있어도 장군께 시집가지 않겠습니다.”

이곤은 매우 곤혹스런 표정을 지으며 말했다.

“개가하는 일은 나중에 다시 의논합시다. 내가 며칠 동안 남하하면서 산 아래의 봉포鳳浦 오저촌에 이주해 온 서 씨 종족이 있단 소식을 들었소. 부인이 그곳에 가서 출산하고 싶다면 나와 부하들이 도와줄 수도 있소.”

변정랑은 본디 원수를 끌어들이고 싶지는 않았으나 뿌리를 찾고 싶은 마음이 간절한데다가 분만 예정일이 코앞에 다가왔으므로 하늘이 내려준 기회라 여기고는 밖에서 구름처럼 떠돌아다니는 장선에게 편지 한 통을 남겨놓고 이곤을 따라갔다.

서복은 부인 변정랑을 몹시 그리워하여 함대의 일을 세 의형제에

게 맡기고 장선을 따라 구장 향산의 초막에 왔으나 변정랑의 종적
은 보이지 않고 편지만 남았다.

장 사부님께 삼가 올립니다.
도움을 주시고 거두어주신 큰 은혜에 감사드립니다. 그 은혜는 평생
갚을 수 없을 겁니다. 그러나 정랑은 임신한 몸이라 오랫동안 초막에 머물
수가 없습니다. 금일 하산하여 종족을 찾아 출산하려고 합니다. 출산 후 한
달이 되면 아이를 안고 사부께 인사드리겠습니다.

서복은 대단히 아쉬워하며 서둘러 하산하여 부인의 종적을 찾고
싶었다. 그러나 진시황이 파견한 병사가 와서 구선 함대에 치명적
인 재난을 초래할까봐서 즉시 장선에게 부상으로 건너갈 대책에 대
해 가르침을 청하였다. 장선은 서복을 데리고 향산 꼭대기에 올라
가 동해 바다를 가리키며 말했다.

"내가 자세히 관찰해보니 이 향산의 항만이 가장 성공적으로 건
너가기 좋은 지점이네. 여기에서 가까운 곳에 물산이 풍부한 하모
도河姆渡가 있네. 선박의 제조가 특히나 발달한 곳이지."

서복은 크게 기뻐하며 참을 수 없어 시급히 하모도로 달려가서
조선술을 살펴보았다.

이때 마침 하모녀가 벼를 수확한 뒤에 강가의 버드나무 그늘 아
래에서 목욕하다가 총망하게 오느라고 표기를 미처 보지 못한 서복
과 맞닥뜨렸다. '알몸을 보는 사람이 있으면 그를 지아비로 삼는見庸

爲夫, 현지의 풍속에 따라 아직 출가하지 않은 아가씨의 나체를 남자
에게 보였다면, 그 남자에게 시집가야만 했다. 서복은 완곡한 말로
사정했으나 조선술에 종사하던 오빠에 의해 억지로 끌려갔다.

제 19 장

하모녀와의 결혼식장을 뛰쳐나가는 서복

절동 구장현의 관공서 대청에서의 일이다.

하모녀의 두 오빠가 서복을 현아縣衙로 강제로 끌고 가 현령에게 하소연했다.

"이 사람은 황제가 파견한 구선 대사라지만, 결국은 하모도의 습속을 무시했습니다. 저의 집 누이가 올해 열일곱인데 방직, 벼농사, 배젓기에 능하고 뿔피리를 부를 수 있고 총명한데다 솜씨 있고 비할 데 없이 아름답습니다. 그러나 오늘 강가에서 목욕할 때 나무에다 표기해두었는데도 불구하고 경솔하게도 들켰으니 지금부터 다른 사람에게 시집보낼 수 없게 되었습니다. 그가 끝내 신부 맞기를 거절한다면 우리 누이의 일생을 망치는 것이 아니겠습니까!"

현령은 대청 아래의 사람이 조정에서 불로장생약을 구해오라고 파견한 서복 대사이자 유명한 방사임을 알고 내심 무척 기뻤으나, 지금 당장 서복을 수감하여 심문해야 했다. 그러나 후당後堂에 이르자 풀어주고는 관대하게 말했다.

"대사께서 방술이 고명하여 명성이 자자하단 소리를 오래 전부터 들었습니다. 칙지를 받들어 구선하고자 남하하여 이곳에 이르렀다는 소식을 제가 듣고서 만나보려던 바입니다. 대사님께 속이지 않고 말씀드리겠습니다. 저의 아들이 시사詩社 대회에서 낙방하여 실의에 빠져 병이 들어 하루 종일 말도 안합니다. 의사의 진단으로는 우울증을 앓고 있다 합니다. 그리고 저의 아내는 병든 아들을 보고 가슴이 조마조마하여 역시 의병癲病, 히스테리에 걸려 종일토록 생글생글 웃습니다. 가정에 두 사람이 질병을 앓고 있는데 한 사람은 아무 말도 하지 않고 한 사람은 허튼 소리만 지껄이니 정말이지 저는 걱정되어 죽을 지경입니다. 어떻게 하면 좋을지 모르겠습니다. 오늘 대사께서 바다로 나가 신선을 만날 터인데 내친 김에 대신 치료약을 구해주시면, 저는 모든 능력을 다 바쳐 바다로 나가 구선하는 대사를 돕겠습니다. 저의 고을은 남쪽으로 하모도의 조선술과 벼농사가 발달하였고 북쪽으로는 봉포 항구와 선원들이 출항하는 곳으로 의탁할 수 있으니 대사님께서는 걱정할 필요가 없습니다. 물론 이 일은 황상께서 성지를 다시 내리는 것이 가장 좋겠으나 저도 마음껏 감독할 수 있습니다."

서복은 마음속으로 깨달았다. 현령이 바다로 나가 구선하러 가는 자신을 돕겠다는 의도가 그의 아내와 아들의 질병 치료에 있음을 알고 먼저 환자를 보자고 했다.

함양궁 금란전에서는 오래도록 불로장생약을 헌상하지 않자 진시황은 일벌백계의 요량으로 분노하여 칙지를 내렸다. 낭야군 태수 변학년이 황제의 명을 거역했다고 질책하고 그 누이를 부추겨 사사로이 선약을 복용케 했으며, 멋대로 방사 장선을 놓아 주었으니 두 가지 죄를 함께 벌하여 오문午門에서 참수형에 처하게 했다.

절동 구장현 현아에서 서복은 현령의 아들을 진찰하다가 거짓으로 깜짝 놀라는 체하며 말했다.

"아드님은 아무런 질병이 없습니다. 이는 임신한 징조로 곧 분만할 것입니다."

아들은 이 말을 듣고는 갑자기 크게 웃으며 연달아 놀렸다.

"돌팔이 의사! 돌팔이 의사! 돌팔이 의사! ……."

현령의 처는 말하고 웃는 아들을 보고 나서 의병도 치유되었다. 이렇게 하여 두 환자는 모두 건강을 회복했다. 현령은 서복에게 오체투지하며 감복하면서 은인으로 대접했다.

이때 현아 문밖에서 하모녀가 담장에 부딪쳐 자살을 기도했다고 보고했다. 서복은 속으로 참을 수 없어 현령에게 인내심을 가지고 말려달라고 부탁했다.

상산 도관 앞의 도량道場에서 학매는 황기를 지키고 육용은 백보마에게 먹이를 주고 황천경은 아이들에게 글자를 가르쳤다. 부기는 백공들에게 해상에서의 조난 구호법을 가르쳤으며, 형헌은 '용사대'를 이끌고 무공을 연마하는 등 여러 사람들은 각기 그 직무를 맡았

다. 이때 일군의 진나라 병사가 달려와 도량을 물 샐 틈없이 포위
하더니 패牌를 보여주며 서복을 체포하라고 말했다. 형헌은 용사대,
백공, 기능공을 이끌고 이들과 필사적으로 싸웠는데 진나라 병사가
낭패하여 도주했다.

향산 산록 오저촌 해변의 서 씨 사당 앞에서 임신한 변정랑은 이
곤의 호송을 받으며 족장 서태공徐太公에게 머리를 조아리며 알현했
다. 서태공은 서복이 서 씨 종족에게 재난과 이주의 고통을 가져왔
다고 큰 소리로 질책은 하면서도 같은 종족의 연배로 봐서 변정랑
을 빈 집에 들이고 돌봐주는 사람을 붙여주었다.

하모도 마을에는 오색등이 찬란하게 걸렸고 서복은 현령의 조정
이 실패함에 따라 어쩔 수 없이 하모녀와 결혼하게 되었다. 이때
장선이 급히 찾아와 변정랑이 서가촌에서 곧 출산할 것이라고 말했
다. 조정에서 임명한 관리 이곤도 그 속에 섞여 있어 수상하게 보
인다고 알려주었다. 서복은 깜짝 놀라 결혼식도 마치지 못하고 말
을 타고 나는 듯이 달려갔다. 하모녀의 두 오빠는 화가 나서 장선
을 붙잡아 두었고 신부는 억울하여 울음이 그치지 않았다.

향산 산록 오저촌 해변의 서촌徐村의 옛집에서 족장은 사람 편에
닭을 변정랑에게 보내 보양케 하였다. 서복이 나는 듯이 말을 달려
부부가 서로 만나니 눈물이 비 오듯 쏟아졌다.

서복이 말했다.

"내가 처음으로 부상을 건널 때 항로에 착오가 있어서 실패로 돌

아갔다오. 지금 월 땅으로 남하하여 다시 건너갈 터인즉, 시간이 흐르면 진시황이 반드시 낌새를 알아차릴 터이니 그 위험이 천여 명에게 미칠 것이오. 이곳에서도 반드시 시일을 정해 계획을 세워야 하는데, 부인과 아이를 돌보기 어렵게 되었소."

이에 변정랑이 말했다.

"저와 아이는 결코 부군을 연루시키지 않을 것입니다. 그러니 부군께서 동도에 성공하려면 반드시 재차 진시황에게 직접 상주하셔서 조정으로부터 넉넉한 지원을 받아야만 비로소 성사될 겁니다."

이때 이곤이 다시 진나라 병사를 데리고 달려와 서복을 체포하라는 요패腰牌를 보여주었다.

제 20 장

함양에서 다시 칙지를 받는 서복

절동 향산 산록 오저촌 해변의 서촌(徐村) 옛집에서 서복은 그를 체포하라는 요패를 내미는 이곤을 보고 다음과 같이 말했다.

"이 장군, 당신들이 손 댈 필요 없습니다. 서복이 지금 함양으로 돌아가 군주를 만나 다시 황상의 칙지를 받으려 합니다."

이때 이곤의 심정은 복잡했지만 여하간 서복을 압송하여 향산 해변에 다다랐다. 형헌, 부기 등은 이를 보고 이곤을 죽이고 서복을 구할 방도를 모색했지만 서복에게 제지당했다. 아울러 해상 훈련과 재차 항해에 필요한 일을 하나하나 지시하고 나서 육용, 소엽은 말을 끌고 학매, 소애는 깃발을 잡고 일행 다섯 명은 이곤을 따라 출발했다. 하모녀는 현령을 통해 소식을 듣고 달려와 비로소 자초지종을 알고는 뿔피리를 불며 서복을 전송하는데 그 장면이 감동적이었다.

도중에 서복이 이곤에게 말했다.

“아내 변정랑과 나는 비록 이혼한 사이나 마음이 잘 통합니다. 장군께서 변정랑을 취하신다면 서복은 당신의 혼인을 방해하지 않겠습니다. 장군께서 바다로 나가 불로장생약을 찾는 일을 힘껏 도와주시고 순장될 수백 명의 아이들을 구해주신다면, 변정랑과 저는 당신의 은혜에 감사드리고 기꺼이 따를 것이니 재고하여 주시기 바랍니다.”

이곤은 묵묵부답이었다.

향산 산록 오저 해변 서촌 옛집에서 변정랑은 태어날 아이의 배냇저고리를 꿰매다가 갑자기 복통을 느꼈다. 조산하려는 조짐을 본 서 씨 종친들은 갑자기 손발이 바빠지기 시작했다.

함양궁에서 진시황은 가슴이 답답하고 머리가 어지럽고 정신이 얼떨떨하여 약을 복용하는 순간, 이곤이 세 번이나 연이어 인편으로 기분 상하게 하는 상주를 올렸다. 첫 번째 상주에서는 ‘선초정’을 가지고 갔던 변정랑이 이미 도망하여 거취를 알 수 없다는 것이었다. 두 번째 상주에서는 낭야 방사 장선이 조제한 ‘선초정’은 노쇠를 방지할 뿐, 장생의 효능이 없다는 것이다. 그 본인도 역시 도처에서 해상의 삼신산을 찾고 있다는 내용이었다. 세 번째 상주에서는 방사 한종이 백인단을 이끌고 따라갔지만 후생, 노생 두 방사를 따라 고구려로 도망가 돌아오지 않는다는 내용이었다.

진시황은 발끈 화를 내더니 돌연 약사발을 부수며 말했다.

“한종은 떠나가더니 보고도 하지 않고, 서복은 거금을 탕진하고

도 장생약을 구하지 못했으니 짐은 반드시 죽일 것이다."

이곤은 서복을 압송하여 길을 서둘러 비바람을 맞으며 함양 금란전에 이르러 군주를 만났다.

진시황은 계단 밑의 먼지 속에 털썩 무릎 꿇은 모습을 보니, 손에 쥐고 있는 것은 자신이 그에게 내린 황기이지, 불로장생약이 아니라서 뇌성벽력처럼 화를 냈다.

"너는 바다 가운데 삼신산이 있고 그곳에 신선이 살고 있으니 재계하고 동남동녀와 더불어 구하겠다고 허풍 쳤노라. 짐은 네 말을 믿었고 네 방침에 따랐다. 또 순장하려던 동남동녀 오백 명을 데려다가 바다로 나가 구선케 하였거늘, 지금까지도 선약을 구경도 못했을 뿐더러 동남동녀조차도 모두 월 땅으로 도피시켰다. 너는 장시간 성상의 명을 받들지 않았으니, 무슨 까닭이더냐?"

서복은 당황하거나 두려운 모습을 보이지 않고 태연자약하게 당당한 어투로 말했다.

"만세의 말씀은 지당하십니다. 그러나 그 하나만 알고 둘은 모르십니다. 제가 황명을 받들어 바다로 나가 불로장생약을 찾는 일에 기꺼이 목숨을 바치겠습니다. 분골쇄신하여 만세를 위해 선약을 찾아 돌아와야 하는데 감히 어찌 온 힘을 다하지 않았겠습니까? 만세께서는 신의 어깨, 등을 봐주시고 서복의 속마음을 헤아려 주시기 바랍니다."

이렇게 말하면서 서복은 방사복을 벗었다. 진시황은 온통 상처투

성이인 것을 보더니 노기가 점차 누그러져 다음과 같이 말했다.

"네가 바다로 나간 지 오랜데 바다의 대신大神을 보았느냐?"

서복이 말했다.

"신은 이미 바다 속의 대신을 보았습니다. 대신이 '너는 서쪽 진시황의 사자인가?' 라고 묻길래 신은 '그렇습니다' 라고 대답했습니다. 대신이 다시 '너는 무엇을 구하러 왔느냐'고 물어 신은 불로장생약을 얻어서 진시황에게 바치겠다고 대답했습니다. 그러자 신이 '너의 진시황이 보낸 예물이 너무 적으니 장생약을 네게만 보여주고 주지는 않겠다' 고 말했습니다. 이에 대신은 신을 데리고 상운祥雲을 타고 발해에서 동해 봉래산에 닿았습니다. 저는 단지 영지궁靈芝宮 궁궐 밑에서 사자 한 사람을 보았는데, 구리 색에 용 모양으로 그 몸에서 나는 빛이 천하를 환히 비추었습니다. 이에 신이 재배하며 물었지요. '어떤 예물이면 적당한가요?' 대신은 '동남동녀 삼천 명을 파견하고 거기에 오곡의 종자와 백공을 가져오면 주겠다'고 말했습니다."

진시황은 이 말을 듣고 한참 생각하더니 갑자기 말했다.

"약만 얻을 수 있다면 짐은 거금도 아깝지 않느니라. 너를 다시 바다로 나가게 하면 갈 수 있겠느냐?"

서복이 말했다.

"다시 성상의 명을 받들겠습니다. 저는 만세의 신하이며 기꺼이 만세의 부림을 받겠습니다. 이것이 첫 번째 이유입니다. 둘째, 서徐

씨와 진秦 씨는 모두 백예柏翳에서 나왔고 똑같이 성이 영嬴 씨이므로 만세의 혈통과 그 뿌리가 같습니다. 셋째로 신은 이미 원부原部에 남아있던 사람과 말, 함대를 월 땅에서 훈련시키고 있으며 음양, 태극으로 점쳐보니 출항 날자로는 계축癸丑 11월 16일 묘시卯時가 길일로 나왔습니다. 그리고 봉래산의 약은 얻을 수 있으나 큰 상어 떼가 출현하여 그곳에 다다를 수가 없습니다. 뛰어난 사수를 파견해주시면 보는 족족 쏴 죽이겠습니다."

진시황은 크게 기뻐하며 말했다.

"짐은 너의 말대로 다시 월 땅으로 남순할 것이고, 그 다음 네가 바다로 나가 구선할 때 전송할 것이니라."

제 21 장

부상으로 갈 계략을 꾸미는 서복

가을 하늘은 높고 공기는 맑았으며 과일은 가지가 늘어질듯 풍성했다.

서복은 황제의 분부를 새로 받고 함양을 떠나 장정들이 넓혀놓은 길을 따라서 말린 대추, 옥수수, 감자 등 건조식품을 구입해 수레 백여 대에 가득 싣고 남쪽으로 위풍당당하게 향했다.

대월^{지금의 소흥시}을 지날 때 진나라 병사들이 고향 사람들을 모아놓고 오정^{烏程}, 여항^{余杭}, 석성^{石城}, 무호^{蕪湖} 등지로 강제 이주시키려 하자 항거하는 자, 도망가는 자, 비분하는 자 등으로 아수라장이었다. 각지에서 소환된 죄수들이 엄청나게 불어나 주민들의 집을 점거하고 물자를 강탈하여 대월 땅은 온통 암흑천지였다. 진시황은 칙지를 내려 이곳 이름을 '회계^{會稽}'로 바꾸어버렸다.

서복은 이 참담한 광경을 보고 한 가지 계략을 생각해냈다.

"하늘이 나를 돕는구나! 이 지역은 양자강의 남쪽 물가에 위치한 마을로 좋은 환경에서 우수한 인재가 나오듯 젊은이 모두 수영을 잘하고 물에 박식한 자들이다. 모두가 기술자들이고 영리하고 손재주가 있는 자들이니 널리 소집하여 구선 진영의 부족함을 메우자."

서복은 육용과 학매를 시켜 황제께서 하사하신 '구선 대사' 황기를 걸라 명했다.

고향 사람들이 그것을 보고, 진나라 조정의 폭정에 고통 받고 도피중인 자녀들을 구선 대사 진영에 합류시키기 위해 재빠르게 달려갔다. 가족 모두를 데리고 구선 대사를 따라 바다로 나가게 해 달라고 간청하는 이도 있었다.

향산 산기슭 아래 해변 가에 있는 서 씨 촌락 낡은 집에서 변정랑은 조산으로 갓난아이를 분만했다. 서 씨 일가는 사내아이가 더 생기자 기쁘기 한량없었다. 변정랑은 늘 염려하던 서복의 귀향에 기뻐서 눈물이 그치지 않았다.

상산 도관에서 사공록司空祿 등 사도蛇島에서 따라온 귀족자제들이 놀기만 좋아하고 일을 싫어해 힘든 훈련을 견디지 못했기 때문에 부기, 형헌과 심한 충돌이 발생했다. 형헌이 격노하여 검으로 베려하자 사공록과 부잣집 자제들은 배를 훔쳐 바다로 도망쳐 버렸다. 육용이 상산 도관에 서둘러 도착해 모든 병사에게 향산으로 집결하여 서 대사와 합류하라는 서복 대사의 명령을 전달하자 모두가 기뻐서 어쩔 줄 몰랐다.

향산 산기슭 어귀의 서 씨 촌락에서 변정랑의 아이가 생후 1개월

이 되자 모든 일가 친척이 축하하러 왔다. 장선은 서복의 부탁으로 소애, 소엽과 선원들을 데리고 대나무로 만든 가마를 메고 모자를 마중 나갔다. 절벽 위의 세 갈래 갈림길에 이르렀을 때 마침 향산으로 오고 있던 서복의 군대와 만나 부부가 재회하니 희비가 교차했다. 아들 이름을 서력徐歷, 호를 희僖라 지었는데 '세상만사 두루두루 경험하고 즐겁게 살라'는 의미를 담은 이름이었다.

이때 징소리, 북소리가 하늘을 진동했다. 현령이 하모녀를 서복에게 시집보내는 날이었다. 서복은 난처하여 아내에게 무어라 할 말이 없었다.

이곤이 날듯이 말을 몰고 와서 황제의 명을 전했다.

"황제께서는 남쪽을 순시하고 계십니다. 먼저 회계 우禹 임금의 왕릉에 제사를 지내시고 난 뒤 16일 길일 구선 대사 서복께서 바다로 나가시는 것을 환송하기 위해 친히 향산으로 납실 것이니, 속히 바다로 나갈 준비를 하시랍니다."

이곤은 변정랑이 이미 아들을 낳은 사실을 알고 말했다.

"부인께서 일전에 갓난아이가 만 한 달이 되는 날 재가하겠다고 승낙했으니, 오늘 소장이 특별히 부인을 맞으러 왔습니다."

변정랑은 그 말을 듣고 몹시 고통스러워하며 가슴을 풀어 아이에게 잠시 젖을 물린 뒤 이곤을 시켜 아이를 서복에게 보냈다. 그리고는 절벽으로 달려가 깊은 바닷물 속으로 몸을 던졌다.

서복은 주먹으로 가슴을 치며 몹시 슬퍼했다. 이곤도 멍하니 서서 일을 이 지경으로 만든 것을 후회했다.

"…… 황제께서 주유를 나가셔서, ……십일월에 단양을 거쳐 전당에 도착하여 절강에 이르니 파도가 너무나 흉폭해 하는 수 없이 서쪽 백이십 리 협곡 사이를 건너 회계에 이르러 우왕의 묘에 제사지냈다." ≪사기≫에서 발췌

진시황은 우왕의 묘를 보고 슬퍼하며 좌승상 이사에게 말했다.

"무릇 사람은 한번 태어나면 우왕처럼 죽어야 한단 말인가? 정녕 죽음을 피할 방법은 없는 겐가?"

이사가 아뢰었다.

"만세, 남쪽 월 지방을 순시하시고 동해 쪽 경치가 아름답고 조용한 곳에서 기다리고 계십시오. 서복이 이번에 바다로 나가 반드시 불로장생약을 구해 올 것입니다."

진시황은 세상에 반드시 영약이 있을 것이라 마음속으로 굳게 믿고 있었으므로 몸이 쇠약해 지는 것도 개의치 않고 향산으로 가는 행차를 멈추지 않았는데 뜻밖에도 향산의 비탈길에서 황제의 말이 지쳐서 죽어버렸다'매마파埋馬坡' 유적이 지금도 남아 있다.

향산 해안에서 서복은 새로운 병사를 소집하여 원래 있던 부하와 합류시키고 제단을 만들어 옥황상제께 빌었다. 방앗간 열여덟 개를 지어 설 떡을 찧고 동서로 부두를 만들어 항해 훈련을 했으며, 하모녀가 주동이 되어 부녀자와 소녀들은 주야로 베를 짜고 군복을

만들었다. 목수들은 이층 배, 정기선, 노 젓는 배, 다리배, 삼우배, 돌격선 등 각기 다른 형태와 기능을 갖춘 해선을 제조했다. 소년들은 벼, 수수, 기장, 보리, 콩 등 오곡의 씨앗과 각종 채소의 종자를 바삐 채집했다. 서복은 약제사, 방직공, 도공, 제련사 등이 쓸 공구나 기계를 갖추는데 각별히 신경 썼다.

밤이 되자 달이 휘영청 밝았다. 서복은 절벽 위에 오랫동안 서서 하염없이 바다를 바라보며 아내를 생각하고 있었는데, 문득 하모녀가 천진난만하게 부르는 월나라 민요소리가 들려와 서복을 온갖 슬픔과 사념에 젖게 하였다.

육용이 환관을 데리고 와서 황제의 명령을 하달했다.

"만세께서 구선 대사가 바다로 나가야 하는 길일이 정확히 계축년 십일월 십육일 새벽 다섯 시이니, 삼일 뒤 아침 햇살이 비칠 때 향산 최고봉에 올라 항해를 여쭈라 명하셨습니다."

제 22 장

달봉산에서 출항하는 서복 함대

아침 해가 동쪽에서 솟아오르고 노을이 만 갈래로 비치자, 구선 함대의 출항도 임박해졌다. 서복은 아침 햇살을 받으며 진시황을 맞이하기 위해 향산 봉우리에 있는 동굴 앞에 멈춰 섰다. 진시황은 여위고 안색이 창백하여 더 늙어 보였다. 그는 드넓은 동해를 그윽이 바라보더니 깊은 산봉우리 쪽으로 몸을 돌렸다.

이곳은 바다 위 안개가 자욱한 수면 속에 마치 신비로운 섬 같기도 하고 호화로운 궁전 같기도 하며 번화가 같기도 한 것이 떠서 드넓은 파도 위에 보일 듯 말듯 신기루 현상이 나타나는 곳이다. 진시황은 그것을 보고 놀랍고도 신기하여 길일의 상서로운 징조라 여겨 서복에게 말했다.

"서 대사, 그대가 오천의 병사와 여든 다섯 척의 대형 선박을 거느리고 바다로 나가는 출항지로 여기 향산을 고른 이유가 궁금하구려."

이에 서복이 대답했다.

"만세, 소신이 구선 선단의 출항지로 향산을 고른 데는 네 가지 이유가 있습니다. 첫째, 이 산은 동해의 장막으로 구장항^{句章港}, 영포항^{靈浦港}, 구룡항^{九龍港}, 봉포항^{鳳浦港}과 교포항^{窖浦港}이 있어 월 지방으로 가는데 천혜의 자연 조건을 갖춘 훌륭한 항구로 배를 수레 삼고 돛을 말 삼아 선풍처럼 간다면, 뒤를 따르는데 어려움이 없을 것입니다. 둘째, 이곳은 항해 역사가 오래된 곳으로 예서 가까운 하모도 사람은 능숙한 솜씨로 물고기를 잡고 돛을 올려 출항하는데 숙달된 오천년의 오랜 역사를 가졌습니다. 셋째, 향산 연해는 조선술이 발달되어 있으며 향산 앞바다는 바닥이 평평하여 선박을 수리하고 건조하기 좋은 곳으로 오천의 병사를 여든 다섯 척의 배에 태울 수가 있습니다. 넷째, 봉래, 영주, 방장 이 세 개의 신성한 산이 동해에 있어 구선 선단이 바다로 나가 봉래 선도에 이르는 데 편리합니다. 만세, 소신이 무리들을 이끌고 바다로 나가는데 있어 이 산보다 좋은 곳은 없을 줄로 아옵니다."

진시황은 그 말을 듣고 대단히 기뻐하며 즉시 향산을 '달봉산'으로 고치라 하명하고 그 의미를 봉래 신성한 섬으로 가는 산이라 하였다. 문무대신 천여 명의 사람들이 앞 다투어 서복 함대를 위한 재를 올렸다. 《진육사룡집晋陸士龍集》에서 진시황이 "무현鄞縣, 진나라 때의 구장현句章縣에서 삼십여 일 머물렀다"고 썼는데 일찍이 '달봉교達蓬橋', '진도암秦渡庵', '마애각석磨崖刻石' 등에 구선의 경관을 만들어 염원을 나타냈다.

달봉산 앞 해안에서 오곡, 기능공, 물자, 병기를 실은 백여 척의 배가 출발을 기다리고 있었다. 서복이 향기로운 연기에 목욕시킨 삼천 명의 동남동녀들을 데리고 와 제단 앞에서 진시황에게 작별을 고하는 장면은 그야말로 장관이었다. 하모녀가 서복의 아들을 안고 승선하고 서복이 선원들에게 닻을 올리라고 명령을 내리는 바로 그때, 진시황은 갑자기 이상한 생각이 들어 서복을 불러 구선 함대를 따라 바다로 나가겠다고 했다.

좌승상 이사와 수행 대신들은 놀라 어찌 할 바를 몰랐다.

"만세께서는 천명을 받아 즉위한 천자이시고 선인은 단지 무술인일 뿐입니다. 만일 만세께서 친히 약을 구하러 가신다면 이는 황제의 체면과 위엄에 손상이 가는 일이옵니다."

진시황은 대신들의 말에 대꾸할 가치도 없다고 여기고 서복에게 물었다.

"짐은 오래 전 서 대사가 제나라 왕의 친척이며, 자객 형가의 동생 형헌 또한 대사의 비호를 받으며 거드름을 피운다고 들었다. 모든 대신들은 이번에 대사가 바다로 나가 돌아오지 않고 이역 땅으로 도망칠까 염려하지만, 짐은 그 말을 신임한 적이 없다. 대사의 의견은 어떠한가?"

서복은 속으로 놀라며 즉시 아뢰었다.

"만세께서 만약 소신이 바다로 나가는 의도가 무엇인지 계속 의심하신다면, 신은 구선의 중임을 실로 감당하기 어렵습니다. 다른 뛰어난 방사로 길을 떠날 사람을 바꾸시지요."

서복은 말을 마치고 황기를 반환하려 하였다.

진시황은 속으로 비웃으며 말했다.

"짐이 농담으로 한 말이니 그렇게 정색 할 필요 없느니라. 대사를 못 믿어서가 아니라 한종, 노생, 후생 세 방사가 돌아오지 않은 뒤부터 짐의 마음에 의심이 생기는 것을 어쩔 수가 없노라. 오늘 서 방사가 만약 죽음에서 짐을 살릴 마음이 진심이라면 그대의 막내아들을 육지에 남겨 이곤 장군에게 맡겨 돌보게 함이 어떠한가?"

이 말은 청천벽력과도 같았다. 서복은 진시황이 여태까지 의심을 품고 장차 아들을 인질로 삼아 잡고 있으려 한다는 것을 알고는 눈물을 삼켜야했다.

하모녀가 울며 간청했다.

"만세, 서희는 아직 젖먹이이옵니다. 어미의 몸을 떠나서는 살 수 없습니다!"

진시황은 엄한 표정을 지으며 정색을 하고 말했다.

"이렇게 해야 너희들이 불로장생약을 구하는 즉시 돌아올 것이 아니냐."

서복이 눈물을 머금고 하모녀의 수중에서 막내아들을 안아 이곤에게 주었다.

하모녀가 무릎을 꿇고 말했다.

"부군, 서희는 아직 젖먹이 아이니 저를 남게 하시어 서희를 돌보게 함이 어떠할 런지요?"

서복은 감격에 목이 매여 하모녀와 아들을 끌어안고 오래도록 놓지 않았다.

이때 이층 배에 올라 있던 장선이 해안에서 생이별하는 광경을 보며 심혈을 기울여 만든 <동해봉래선도도>를 선장 주로대에게 주고 조용히 배에서 내려 해안가로 가 전송하는 인파 속으로 서서히 사라졌다.

큰 종을 예순 여섯 차례 치는 것 또한 길조의 '대순大順'을 뜻한다. 진시황은 제단 앞의 방사석에 앉아 멀리 서복이 탄 배를 찾고 있었다. 해안에서는 전송하는 사람들이 성대한 가무를 공연하고 있었는데, 절강성 동쪽 지방의 채다무采茶舞를 추고, 적색 북을 둥둥 두드렸다. 게다가 전조등까지 뒤섞여 그 대열이 높은 누각에 이르자 기세가 충전하여 떠들썩하기 이를 데 없었다. 삼천의 동남동녀들은 태어나서부터 여태까지 이처럼 성대한 장면을 본 적이 없었다. 육용, 학매, 소엽, 소애 등 모두가 선실 갑판 위에 빽빽이 올라서 구경을 하며 모든 걱정 근심을 잊었다.

진시황은 공연이 끝나자, 마애 불상 아래의 대해 파도를 향해 연이어 화살 세 발을 쏘았다. 서복은 극진히 공경의 예를 올리고 비통한 심정으로 '구선求仙'호에 올랐다.

이때 달봉산 위와 아래에는 황기가 가볍게 휘날리고 소라 나팔소리가 일제히 울리며 돛이 구름을 가리고 해를 덮었다. 바로 이때

갓난아이의 극렬한 울음소리가 귀를 찢었다. 서복은 견딜 수 없어
고개를 돌려 명령을 내렸다.

"진시황의 장수를 위해 다시 구선호를 타고 불로장생약을 찾는
항해를 시작한다."

바람은 부드럽고 날씨는 화창하며 바다는 평온하고 흰 돛은 유유하다.

이층 배가 '구선 대사' 깃발을 바람에 펄럭이며 거대한 선단을 거느리고 소라 나팔을 불어 각 선박간의 연락을 유지하면서 동해 바다로 전진했다.

부기는 키 뒤쪽의 파도 속에 밀봉된 병 하나가 배를 따라 둥둥 떠다니는 것을 발견했다. 사람들은 이 물건이 불길한 징조임에 틀림없다고 말했다. 형헌이 즉시 화살로 병을 쏘려하자 황천경이 저지하며 이는 흉조가 아니라 길조로, 이것은 상림호上林湖 월요越窯의 밀봉 도자기라고 했다. 서복이 선원을 시켜 망태기를 이용해 갑판 위로 건져 올리라고 한 뒤, 직접 봉인을 뜯었는데 그 속에는 짧은 오언시 한 수가 적힌 서신 한 장이 있었다.

妾乃徐市妻, 소첩은 서불의 처,
跳崖命不絶. 벼랑에서 뛰어내려 목숨을 부지했네.
思子尙稚幼, 아직 어린 자식이 그리워,
不忍相離去. 차마 떠날 수 없네.
東渡若見詩, 동쪽으로 건너가 이 시를 본다면,
眺望東霍嶼. 동곽섬을 바라보세요.

서복은 시를 읽어보고 뜻밖에도 기쁜 일을 만나서 어쩔 줄 몰라 눈에 뜨거운 눈물이 가득 고였다.

이때 부기가 말했다.

"형수님의 명이 길어 동곽섬에 아직 살아계시니 우리와 같이 부상으로 가게 되겠군요."

서복은 학매에게 장선이 바친 <동해봉래선도도>를 속히 찾아서 가져오라 명했다.

동곽섬의 황토는 긴 대나무가 빽빽하게 들어서서 티끌 하나 없는 바둑판과 흡사했다. 한 초가집에서 해녀가 변정랑에게 억지로 새 옷을 입히고 있었다. 변정랑은 발버둥을 치고 울며 간청했다.

"소첩은 지아비가 있습니다. 재가하고 싶지 않아 절벽에서 뛰어 내려 자살하려 한 몸입니다. 제발 소첩을 살려 주십시오"

그러자 늙은 해녀가 말했다.

"이 고장에 왔으면 이 고장 풍습을 따라야 합니다. 이곳 동곽섬 에는 반고盤古 이래 지금까지 무릇 젊은 어부가 바다에서 여자를 구조하면, 손위일 경우 어머니로 삼고 어리면 딸로 삼으며 나이가 엇비슷하면 장가들어 아내로 삼는 풍습이 있습니다. 어촌의 풍속이니 거스르지 마세요.”

변정랑은 사람들에게 떠밀려 사랑채 앞에서 결혼 의식을 기다리고 있었다. 바다로 나간 신랑이 아직 돌아오지 않았지만, 오늘이 길일이고 조수가 이미 차올라 예식을 거행할 시각이 되었다. 사람들은 신랑대신 여동생에게 수탉을 안기고 결혼 의식을 치르게 했다. 바로 그 시간 구선 진영과 결별하고 나온 귀족자제 사공록 일당이 문 앞에 나타나더니 신랑 집에 있는 식량과 신부 변정랑을 강탈한 뒤 고함을 지르며 가버렸다.

동곽섬 해변 모래사장 기슭에 ‘구선’호가 정박했다. 서복은 형헌, 황천경, 소엽 등을 데리고 섬으로 올라와 어부의 여동생에게 변정랑의 행방을 탐문했다. 형헌은 이 섬이 비록 작기는 하지만, 경치가 아름답고 어촌에 사람이 많으니 제국을 세우기에 적당할 것 같다고 건의했다. 황천경은 고개를 저으며 코앞이 대륙이라 진시황의 군사들이 반드시 잡아 죽이러 올 것이라며 반대했다.

이때 소엽 등 아동들이 뛰어와 보고했다.

“섬 동쪽의 한 인가에서 아내를 맞으려 했답니다. 소문에 의하면 신부는 바다에 투신한 것을 신랑이 구해준 여자로 방금 해적 떼가 강탈해갔다고 합니다.”

서복이 급히 가서 살펴보니 변정랑이 남긴 물건들이 있었다. 그는 부하들에게 서둘러 출항하여 추격하라 명령을 내렸다.

함양 진시황궁에서 진시황의 둘째아들 호해는 어안^{御案} 위에서 귀뚜라미 싸움을 붙이고, 중거부령 조고는 한쪽에 서서 부추기고 있었다. 이때 두 가지 속보가 날아들었다. 하남^{河南}은 가뭄이 극심하니 조정에서 식량을 풀어 구휼해야한다, 호북^{湖北}의 농부들은 가혹한 세금을 견딜 수 없어 반란을 일으켰다는 내용이었다. 호해는 속보를 읽고 어떻게 대처해야 할지 갈피를 잡을 수 없어, 조고를 보내 속히 함양으로 돌아와 정사를 돌봐야 한다고 부왕을 재촉하라 명했다.

절강성 동쪽의 월 땅 달봉산에서 진시황은 마애불상 앞에 서서 서복이 바다로 나가 불로장생약을 구해오는 광경을 새긴 석각을 자세히 살피고 있었다. 이때 이사가 아뢰었다.

"만세, 함양에서 상주문이 올라 왔나이다. 천자께서 언제 조정에 돌아와 집무를 볼 것인지를 여쭈며 조정의 문무백관이 함양성 십리 밖에 나와서 영접하겠다고 합니다."

이 말을 들은 진시황이 말했다.

"무엇이 그리도 급한가! 서 방사가 인솔하여 바다로 나간 구선함대가 이번에 불로장생약을 구하지 못 한다면, 짐은 다시는 돌아가지 않을 생각이다! 속히 운몽산^{靈夢山} 귀곡^{鬼谷} 선생을 불러 약을 바칠 길일이 언제인지 점쳐보게 하라. 짐은 일찍이 그가 사람의 길흉화복을 점친단 얘기를 들었노라!"

이사는 대답하고 운몽산으로 사자를 보냈다.

달봉산 나루터 초가집 안에서 갓난아이의 울음소리가 들려왔다. 장선과 하모녀는 진나라 병사를 따돌릴 묘책을 짜서 갓난아이를 안고 해변으로 도주했다.

동해에서 서복은 '구선'호 앞에 원추형의 작은 섬을 발견하고 말했다.

"저곳이 바로 장인 장선이 표시한 봉래 선도로 가는 관문이다."

선단이 원추형의 섬을 빙빙 돌아보았으나, 군도 사방에 총총한 옅은 안개만이 보일 뿐이었다. 서복은 선원에게 섬 물가와 단단한 모래톱 일대에 정박하라 명령하고 직접 사람들을 인솔하여 기슭으로 가서 현지 조사를 했으나, 도처에 청송이 어지러이 우거져 있고 온갖 새들이 지저귀며 약초들만 무성했다.

서복이 의아해하며 물었다.

"설마 이 섬이 봉래 선경은 아니겠지?"

이에 황천경은 한 가지 제의했다.

"이 섬은 나라를 세우기에 적당한 곳입니다."

서복은 즉시 소라 나팔을 불라 명령하여 선박의 선원들을 모두 기슭으로 올라와 휴식을 취하고 담수를 마시라 명령했다. 그러나 이때 갑자기 멀리서 피어오르는 봉화가 보이면서 울음소리가 하늘을 진동했다. 서복이 가까이 가기에 앞서 관찰해보니 들판에는 오래된 관이 흙 밖으로 드러나 있고, 무더기로 쌓여 있는 새 무덤이 보여 마음속에 걱정 근심이 가득했다.

'이곳이 봉래 선도이고 신선이 살던 땅이라면, 어째서 새 무덤과 오래된 무덤이 같이 있단 말인가?'

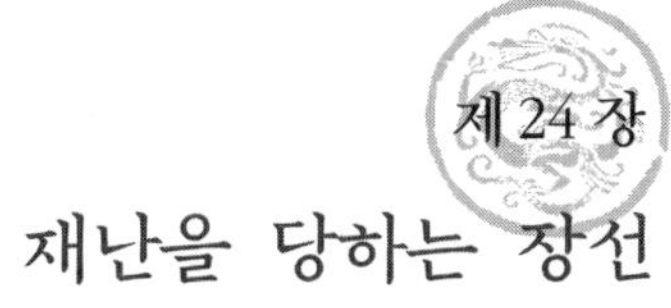

제 24 장

재난을 당하는 장선

절강성 동쪽 달봉산 기슭에서 장선과 하모녀는 서복의 막내아들을 안고 흔들리는 갈대 속 작은 삼판 위로 도망갔다. 그리고는 의혹을 풀지 못하는 하모녀에게 말했다.

"아가씨, 진실을 말씀드리겠습니다. 당신이 비록 총명하고 재능은 있지만 서복이 구선 함대를 이끌고 바다도 나간 진짜 의도는 모르실겁니다. 그가 명분은 진시황을 위해 바다로 나간다고 했으나, 사실은 진나라 조정의 폭정을 피하고 삼천 명이나 되는 어린아이의 생명을 구하기 위해서 해외를 개척하고 노인에게 감동을 주려는 의도입니다. 지금 저는 돛을 올리고 배를 저어 당신과 아이를 데리고 같이 봉래 선도로 가서 서복을 찾을 것입니다!"

이때 이곤이 진나라 병사들을 거느리고 달봉교^{지금도 있다} 위에서 추격해 와 갈대 속에 삿대로 받치고 있던 삼판선의 삿대가 흔들리는 것을 발견하고, 명령을 내리자 병사들이 일제히 화살을 쏘았다. 장선은 낌새를 알아차리고 반사적으로 영감이 떠올라 갓난아이의 망토 안에 갈대 뭉치를 말아 넣어 가슴속에 품었다. 그리고 여울로 뛰어들어 해안 기슭의 대나무 숲으로 이곤과 진나라 병사들을 유인했다. 하모녀는 서둘러 아기를 겨드랑이에 끼고 능숙한 솜씨로 돛을 올리고 삿대질을 하여 바람을 타고 대해를 향해 빠르게 노를 저었다.

봉래섬 어촌 마을에서는 역병이 돌아 수많은 사람이 죽어나갔다. 사람들은 시체를 묻으며 지전을 태웠다.

귀족자제 사공록 일당은 동곽섬에서 신부를 강탈한 뒤 일찍이 이 섬에 도망 와 있던 노생, 후생 등 방사들을 규합하여 함께 살 길을 모색하고 있었는데, 마침 서복이 거느린 부기 등 기능공으로 구성된 용사들을 우연히 만나 그들을 뒤쫓았다. 사공록과 노생, 후생은 서복의 구선 선단이 장비가 훌륭하고, 기세가 드높은 것을 보고 너무 놀라서 가슴이 점점 움츠러들었다. 이때 초가집에 갇혀 있던 변정랑은 창문 틈으로 서복을 보고 놀랍고도 기뻐 큰 소리로 불렀다.

"부군, 저를 구해 주십시오!"

사공록이 이것을 보고 계략이 떠올라, 밧줄에 묶인 변정랑을 끌고 해협 산기슭으로 철수하여 수비 태세를 갖췄다.

서복은 아내 변정랑을 발견하고 급히 사람들을 데리고 해협으로 가 노기등등하게 말했다.

"너희들이 가는 길을 막지 않을 테니 내 아내를 돌려다오."

　노생은 변정랑을 돛대에 묶으라고 명령하고 성난 소리로 대답했다.

　"서복은 들으라. 나와 후생이 이 해도에 온지 이미 오래다. 동해에는 봉래 선도도, 신선도 없을 뿐만 아니라 불로장생약도 없다. 이 섬은 기후가 변화무쌍하고 역병이 창궐하며, 식량도 부족하여 산 사람이 오래 머물 곳이 못된다. 만약 동쪽으로 항해를 계속 한다면 온통 망망대해라 곤경이 끝이 없을 것이니 죽는 것은 기정사실이다. 서 방사의 아들이 진시황 수중에 인질로 잡혀있다 들었다. 네가 만약 눈앞의 아내와 대륙에 있는 아들을 구할 생각이라면 나와 함께 대륙으로 돌아가서 진시황에게 신선을 찾는 일은 당대에 견줄 바 없는 속임수 일 뿐이라고 솔직히 고해라. 어쩌면 진시황이 하해와 같은 은혜를 베풀어 너와 나의 죄를 사면하여 주실 지도 모르지 않느냐, 내 생각이 어떠하냐?"

　후생이 말을 마치자, 묶여있는 변정랑이 말없이 서복에게 충고했다. 변정랑은 눈물을 머금고 아무 말도 하지 않았고 서복도 묵묵히 말이 없었다. 사공록은 이 장면을 보고 또 한 가지 계략을 생각해 냈다.

　"서복, 너와 나는 같은 방술사이니 서로 말이 통할 것이네. 노생의 뜻을 따를 의향이 있다면 우리 편 배로 건너와 직접 만나서 이야기 하자."

　서복은 사공록의 말이 뻔한 속임수임을 알면서도 아내를 구할 아무런 대책이 없었다.

대륙 달봉산의 달밤에 진시황은 마애석불 앞에 오랫동안 서서 바람을 맞으며 멀리 대해를 바라보고 상심에 차서, 부름에 응해 달려온 점을 잘 친다는 귀곡 선사에게 말했다.

"짐이 일찍이 네가 세상일을 정확하게 맞추는 기인이란 말을 듣고 오늘 너를 불렀다. 너는 노생, 후생처럼 아첨하지 않고 한종처럼 이런저런 낭설도 퍼뜨리지 않는다고 들었다. 점을 쳐서 서복이 불로장생약을 구해 돌아오는 정확한 날짜를 뽑아 보거라. 짐은 장생의 신성한 약을 영접하여 은혜에 감사하는 대대적인 의식의 방안을 제정하려고 한다."

•귀곡 선사는 깊이 생각하지도 않고 청산유수 같이 결단성 있고 단호하게 말했다.

"불로장생약을 찾는 일은 성상이 처음이 아니옵고 역대 군왕 모두가 생각하고 계획했던 일이옵니다. 성상께서 소신의 제자 서복에게 이 달봉산에서 바다로 나가 신선을 찾고 신성한 약을 구해오게 시키셨으니 도사가 당연히 도와야지요. 소신이 그 절호의 기회를 육십갑자로 짚어보니, 성상께서는 이십팔일 뒤에 불로장생약을 얻으십니다!"

진시황은 그 말을 듣고 기뻐서 어쩔 줄 몰랐다.

그러나 진시황은 이것이 중국의 가장 유명한 군사 전문가 손자孫子의 스승 귀곡이 마음대로 꾀를 써서 내놓은 계략임을 전혀 눈치 채지 못했다.

이때 이곤이 장선을 잡아 어가 앞으로 끌고 와 아뢰었다

"만세, 이 방사가 바로 서복의 아들을 훔쳐서 안고 달아난 장선이옵고, 신성한 단약인 '선초정'을 만드는 것을 연마한 방사 고수이옵니다."

진시황은 일고의 가치도 없다고 생각하고 말했다.

"여봐라! 네가 만든 '선초정'은 장수하는 약에 불과하며 수명을 조금 연장 할 뿐이라 들었다. 나중에는 짐이 만천하에 너를 찾아 목숨을 구걸하는 신세가 될 것이 뻔하다. 너도 알다시피 여기 있는 네 스승이 이십팔일 뒤에 짐이 불로장생약을 얻을 것이라 했으니, 이제 너를 살려둘 필요가 없느니라!"

장선이 몸을 돌려 스승 귀곡을 향해 절을 하고자 했으나, 말을 꺼내기도 전에 진시황은 허리에 찬 검을 뽑아 장선을 고꾸라뜨렸다.

제 25 장

대산도로 보내지는 아들

동해에는 갈매기가 비상하고 물결이 드높았다.

하모녀가 서복의 아이를 숨긴 채, 고마운 바람의 힘에 실려 배는 순풍에 돛 단 듯이 빠른 속도로 전진했다. 그녀가 전방에 있는 섬을 향해 가까이 가려 할수록 병풍 같은 암석 뒤에 무수한 돛대들이 우뚝 솟아 있는 것을 발견하고 백사장에 어선을 정박한 채 희열을 주체 못해 혼잣말로 중얼거렸다.

"서희야, 봉래 선도를 찾았구나, 너의 친부를 만나게 되었구나."

이때 배 속에서 갓난아기가 응낙하여 마음이 반응하듯 격렬하게 큰 소리로 울어대기 시작했다.

백사장 앞 어선, 갇혀 있던 변정랑이 민감하게 아기 울음소리를 듣고 돛 사이로 삼판선을 저어오는 하모녀를 발견하고 황급히 큰 소리로 외쳤다.

"동생, 어서 도망가! 서복 어른이 저쪽에 계시네. 얼른 도망쳐!"

때마침 선미에서 어떻게 할 것인가를 의논하며 서복의 구선 선단과 대치하고 있던 사공록과 노생은 이것을 보고 대단히 기뻐하며, 재빨리 갈고리로 하모녀의 삼판선을 자기 배로 끌어올려 사로잡았다.

하모녀는 이 광경을 보고 하는 수 없이 모래사장을 내달려 해안 기슭으로 올라가 큰 소리로 구조를 요청했다. 이때 다행히 앞쪽에서 사공록의 배를 기습하러 온 형헌을 만나 곧 구조되었다. 어선 위의 변정랑과 갓난아이 모자는 상봉하였으나, 사공록의 수중에 떨어져 생사를 예측할 수 없게 되었다.

함양궁 금란전에서 호해는 나쁜 성깔을 드러내기 시작했다. 온 어전을 돌면서 중거부령 조고를 뒤쫓으며 때리고 있었다. 이때 변방의 요새에서 황태자 부소가 성을 쌓는 노역부와 변방을 수비하는 장병들의 추위와 굶주림이 혹독하니, 겨울을 지낼 옷과 군사들의 양식과 사료를 조정에서 신속히 운송해 줄 것을 요구하는 서신이 왔다. 그러나 조고는 나쁜 계략을 품고, 호해를 꼬드겨 어떻게든 이 일을 처리하지 못하도록 했다.

신비로운 큰 섬에서는 형헌에 의해 사지에서 구조된 하모녀가 서희를 데리고 나오던 당시의 위험한 상황을 서복에게 설명하며 서복을 일깨웠다.

"진시황은 부상으로 가는 서복 함대의 의도를 이미 알아차리고 함대를 파견하여 차단할 계획을 세울 것입니다."

황천경은 그 말을 듣고, 갑자기 하모녀가 진나라 병사를 끌어 들였다고 꾸짖으며 이 무인도를 버리고 선단을 인솔해 빨리 다른 이상적인 섬을 찾자고 제의했다.

이때 육용과 소엽이 정탐에서 돌아와 사공록, 노생, 후생 일당이 이미 부인과 아기를 숨기고 빠른 속도로 대륙을 향해 배를 몰아갔다고 보고했다. 부기가 배를 타고 뒤쫓으려 하자, 서복은 사공록 일당이 남의 공적을 가로채 죄를 면할 속셈인 것을 알기에 눈물을 머금고 허락하지 않았다. 그는 하는 수 없이 동쪽으로 항해를 계속하라고 명령을 내릴 수밖에 없었다.

대륙 달봉산 해안에서 전함들이 병렬하니 돛대는 마치 숲처럼 보였다. 이곤이 대규모 진나라 병사를 거느리고 전함에 승선하여 군을 지휘하여 서복의 구선 선단을 추격하려 하였다. 이때 사공록의 어선이 '귀순歸順'이라는 백기를 매 단채 해상에서 노를 저어 왔다. 돛대 아래에는 갓난아기를 품에 안은 변정랑이 얌전하게 앉아 있었다.

이곤이 보고 놀라며 말했다.

"부인, 어찌하여 자신을 이리도 학대하십니까? 소장이 비록 일개 군인이기는 하나 여인의 마음을 헤아릴 줄 아는 사람입니다. 서복은 거짓말로 천하를 어지럽히고 황상을 기만했을 뿐만 아니라 삼천의 동남동녀와 기능공들 까지 속였으니 실로 한탄스러울 따름입니다."

변정랑은 자신이 결코 이 마수에서 벗어날 수 없음을 깨닫고 아기를 내려놓은 뒤, 돌진하여 돛대에 머리를 찧었다. 머리에서는 선혈이 뿜어져 나왔다.

진시황은 세 방사가 서복의 처자를 데리고 귀순했는데, 열부 변정랑이 돛대에 머리를 찧어 자살하려 했다는 이야기를 듣고 깜짝 놀라, 친히 말을 몰아 해안으로 달려가서 노생, 후생 일당을 보고 분노에 차서 소리 질렀다.

"천인이 영약을 찾는 것을 돕지 않는데, 짐이 쓸데없이 제왕이 되었도다!"

사공록, 노생, 후생 일당 스물여섯 명이 그의 분노를 자극해 그 자리에서 이사에게 명령을 내렸다.

"즉각 날랜 수군을 거느리고 서복의 구선 선단을 추격하라. 한 놈도 남기지 말고 모두 죽여라."

대해 배위에서 서복은 하모녀를 차마 버릴 수가 없어서 학매와 소애에게 하모녀를 식품 갑판 아래로 안전하게 모시라고 은밀히 명령했다. 선단은 장선이 그린 지도를 보며 전방의 대구도大衢島를 향해 전진했다. 그러나 그는 방금 떠나온 봉래도를 바라보며 탄식했다.

"봉래, 봉래, 그 자태 아름답고 어여쁘니, 오로지 태산만이 그 아름다움을 견줄 수 있구나! 오늘 서복이 이 섬을 태산으로 부르고 싶지만 일찍이 태산이 산동성에 있음이 애석하다. 나는 봉래도를 태산과 비슷한 음을 따 '대산岱山'이란 아호를 붙이겠다. 너희들 생각은 어떠하냐?"

육용과 학매가 옳거니 손바닥을 쳤다.

"진시황이 향산을 달봉산으로 바꾸었고 서 대사께서도 봉래도를 대산으로 바꾸니, 모두 우리들이 바다로 나가 구선하는 기념지입니다."

이때 모든 선박의 소라 나팔이 일제히 울리며 동남동녀와 적지 않은 기능공들은 점차 사지에 힘이 풀리고 머리가 아찔하고 눈이 어지러운데다가, 환자까지 급격히 증가한다는 긴급 경보가 전해졌다. 서복이 급히 갑판을 순시해보니 뜻밖에도 많은 사람들이 발병하여 신속히 퍼지고 있었다. 소애, 소엽 남매는 이미 부종을 띤 상태였고 구선 진영 전체가 절망적인 지경에 이르렀다.

서복은 몹시 놀라 자신이 비록 의약과 방술에 정통하기는 하지만, 이 북쪽 지방에 대해 아는 것이 별로 없었다. 그는 이 병이 어떤 전염병인지 몰라 급히 식품 갑판으로 가서 어려서부터 절강성 동쪽에서 자란 하모녀에게 치료할 좋은 방도를 가르쳐달라고 부탁했다.

대해는 여전히 한치 앞도 가릴 수 없는 일망무제였다.

‘구선’호 식품 갑판 안에서 하모녀가 인성을 중시하지 않는 잔인한 사람이라며 황천경에게 자신이 받은 억울한 처사에 대한 화풀이를 했다. 그녀는 서복에게 자신을 ‘특사特赦’해주면, 환자들의 질병 상태와 병세를 관찰한 뒤 절강성 동쪽 지방에서 역병을 치료하는 방법을 찾아보겠다고 위로했다.

“절대 당황하지 마십시오. 제가 비록 약초에 정통하지는 않으나, 그곳 지방에서 발병하는 각종 역병에 관해서는 환히 알고 있습니다. 사람들이 걸린 질병은 아마도 섬에서부터 전염된 황달일 겁니다. 이 병은 ‘대황담大黃膽’이라 불리는 병입니다. 전혀 걱정할 필요 없습니다. 영목枫木, 사스레피 나무 잎과 과일 달인 물을 복용하면 모두가 뛰어난 효과를 보게 될 것입니다.”

서복은 그 말을 듣고 서둘러 부근 구산도에 선단을 정박하고 약초를 캐라고 명령했다. 섬 북쪽 모퉁이에 고목은 무성하고 잡초가 무더기로 자라나 있었다. '특사'된 하모녀가 학매, 육용 등 동남동 녀를 이끌고 영목 잎을 땄다. 서복도 선원들과 기술자들을 데리고 와, 영목을 식별해 대량 채집하여 배위에 있는 큰 구리 솥에 넣고 달여서 즙을 짜냈다. 이어 각 선박의 모든 환자들에게 나누어 복용 하게 하니 즉시 황달병이 억제되어 효과를 보았다.

밤이 되자 서복은 은은한 울음소리가 해풍을 타고 표표히 들려오 는 듯 환청을 느끼며 심중에 있는 말을 했다.

"대산도 어부들도 역병에 전염되어 불구덩이보다 더한 위험에 처 해 몹시 고통 받고 있소. 하모녀, 당신은 사람을 살리는 민간요법을 알면서도 어찌하여 섬으로 되돌아가 어민의 생명을 구하려 하지 않 는 것이오? 만약 그 섬에 정말로 신선이 은거하고 있어 나의 자선 행위를 듣는다면, 반드시 불로장생약을 나에게 하사할 것이오."

그는 즉시 부기에게 대륙 방향에서 오는 추격선을 엄밀히 감시하 라는 명령을 내리고, 자신과 하모녀는 어부 부부로 변장하고, 은밀 히 노를 저어 대산도로 가서 사람들의 마음을 가라앉히려 했으나 속수무책이었다.

대륙 달봉산 행궁에서 진시황은 함양으로 돌아오라고 재촉하는 상주문을 읽고 마음이 답답하고 정신이 산란하였다.

"호해는 방년 약관으로 아직 어려 세상 물정을 모른다. 게다가 행 동이 교만하여 환관들의 원성이 자자하니, 조정으로 돌아가 훈육해야겠다. 서복이 삼천의 동남동녀들을 데리고 바다로 나가 불로장생약을 찾겠다고 새빨간 거짓말로 짐을 속인 것을 보면, 귀곡자가 이십팔일 뒤에 불로장생약을 얻는다고 예언한 것도 짐을 희롱하는 흰소리임에 틀림없다!”

진시황이 의중을 떠보려고 귀곡자를 불러오라고 하자, 환관이 돌아와서 아뢰었다.

“귀곡자는 이미 달봉산을 떠난지라 행방이 묘연합니다.”

진시황은 대노하여 급히 이사에게 어명을 내렸다.

“병력을 둘로 나누어 한쪽은 산서성 운몽산으로 귀곡자를 쫓아가서 죽이고, 나머지 한쪽은 바다로 나가 구선 진영의 무리를 죽여 서복의 수급을 가지고 오너라.”

대해 대산도에서 서복과 하모녀는 어촌을 가가호호 방문하여 영목 즙을 일일이 나누어 주고 병을 치료하여 생명을 구했다. 철판처럼 단단한 모래톱 앞에는 이사가 이끄는 군함의 수군들이 모래사장에서 육지로 올라와 구선 선단의 인원들이 쓰던 부뚜막과 버린 물건들을 따라서 곧바로 어촌으로 향했다. 어촌에서 인명을 구제하던 서복과 하모녀는 떠들썩한 외부인의 목소리를 알아차리고, 부기가 대원을 데리고 그들을 지원하러 온 것이라고 오인하여 서둘러 초가집에서 뛰어나오다 공교롭게도 이곤과 정면에서 마주쳤다. 이곤은 뜻밖의 일에 너무 놀라 멈추어 섰고, 그가 미처 반응하기도 전에 서복과 하모녀는 달아났다. 이곤이 수군을 이끌고 모래사장 위에

난 발자국을 따라 뒤쫓았다.

구산도에서 형헌은 서복이 외출한 틈을 타 달빛이 남색으로 흐린 때를 이용해 학매를 겨드랑이에 끼고 갈대밭으로 가서 협박했다.

"나는 구선 진영의 수호신으로 너희들의 생명과 안위를 위해 공로도 없이 고생만 했다. 오늘밤 네가 나를 위로한다면 신선을 찾는 일은 반드시 이룰 것이다. 만일 네가 따르지 않는다면 구선 진영은 재난을 면치 못할 것이다."

학매가 따르지 않자 형헌이 난폭하게 강간했다. 갈대밭에서 울며 반항하는 소리가 들리자, 갈대밭 밖의 소녀들은 모두 두려움에 떨었다. 육용은 일찍이 학매에게 첫사랑의 감정이 싹텄으므로 신속히 소엽 등 소년들과 선원 주로대^{周老大}, 장^張 석공, 홍^洪 재봉사, 이^李 철공, 왕^王 목공, 심^沈 건축사, 만^萬 주방장 등 사부들을 불러 모아 긴 삿대와 작은 노를 손에 쥐고 학매를 구하러 갈대밭으로 돌진했다. 그러나 엄청난 힘을 가진 형헌에게 제압당해 상처만 입었다. 육용과 소엽 등 소년들은 영목에 거꾸로 매달리는 신세가 되었다. 기능공들이 그것을 보고 격분했지만 감히 말 할 엄두도 못 냈다.

이때 서복이 하모녀를 데리고 대산도의 위험을 벗어나 구산도^{衢山島}에 돌아와서 형헌의 폭위를 엄히 꾸짖고 매달려서 두드려 맞은 육용 등을 구조했다. 형헌은 불만이 가득하여, 서복 본인도 하모녀를 데리고 대산도로 가서 즐기지 않았냐며 속으로 비난하면서, 오늘밤 학매에게 아무 짓도 하지 않았다고 오히려 큰 소리를 치며 절

대로 가만있지 않겠다고 마음먹었다. 서복은 노여워하는 기색 없이
타일렀다.

"진시황이 이미 군사를 파병하여 대산도까지 우리를 좇아 왔으니,
머지않아 배를 몰고 진군하여 소탕하려 할 것이다. 힘든 적이 눈앞
에 있으니 개인의 욕망과 원한을 모두 버리고 일본으로 가는 대업을
도모하라."

아울러 구선 선단에 신속히 닻을 올리고 동해를 향해 항해를 계
속하라 명령을 내렸다.

제 27 장

동복산에서 일어난 대분

절강성 동쪽 달봉산 진시황 행궁에서 좌승상 이사는 진시황이 가마를 타고 함양으로 돌아 갈 의사가 없음을 알아차리고 간언했다.

"만세, 남쪽 지방을 순시한 지도 한 달이 넘었습니다. 집안에 하루 종일 주인이 없으면 아니 되듯, 나라에도 군주가 없으면 아니 되는 법이옵니다. 불로장생약은 역대 군주마다 오매불망 얻고자 했으나 얻지 못한 것으로 봐서, 결코 쉽게 얻어지는 것이 아님이 분명합니다. 황상께서 이미 이곤 장군을 보내 서복 일행을 죽이라고 한 이상, 그렇게 갈구하던 영약의 망상을 종결지으십시오. 더 기다리시는 건 아무 가치도 없는 일이오니, 조속히 돌아가 왕릉을 세우는 것이 나을 것이라 사료되옵니다."

진시황은 크게 낙심하여 한 순간의 분노를 참지 못해 장선을 베어 죽인 것을 후회했다. 지금은 생명을 연장하는 '선초정'을 얻을 기회조차도 더 이상 존재하지 않는 것이다. 한참을 망설인 끝에 권

태롭게 연도에 어가를 송영할 준비를 해두라 명하고, 삼일 뒤에 함
양으로 행차할 것이라 선포했다. 그러나 그는 갑자기 기상천외한
말을 꺼냈다.

"만약 옥황상제께서 은혜를 베푸시어 짐에게 늙지[죽을 사死' 자를 쓰지 않음] 말라고 명하시면, 짐은 오히려 이곤 장군의 군함이 태풍을 만나
대해에 매장되어 서복 일행을 죽이는 일이 수포로 돌아가기를 바라
네. 서복이 아들을 그리워하는 마음이 간절하다면, 진귀한 약을 얻
어 짐에게 약을 바칠 가능성도 배제할 수 없는 일이지 않은가."

대해에서 서복의 '구선'호는 어려움을 무릅쓰고 선단을 당당하게
이끌고 앞장서서 동쪽을 향해 항해를 계속했다. 전방에 어슴푸레하
게 보이는 섬은 마치 수평선 위에 기이한 봉우리가 떠 있는 형상이
다. 가까이 갈수록 섬 기슭에 부딪히는 파도는 연속해서 끊이지 않
고, 하얀 물결은 옥으로 된 계단과 같이 요란스러운 소리가 끊이지
않고 귓가에 들렸다. 일행들의 시선은 일제히 동쪽을 바라보고 있
으나, 보이는 것은 그지없이 넓고 아득한 심해와 가없는 넓은 대해
만 보일 뿐이다.

형헌은 이 광경을 보고 선단을 섬에 정박하라고 명하고, 검을 손
에 쥔 채 서복을 책망했다.

"이곳은 동쪽 끝에 위치한 섬으로 계속해서 동쪽을 향해 간다면
섬은 없고 암초만 있을 뿐입니다. 목하 앞은 활로가 없고, 뒤는 군
사들이 뒤쫓고 있는 상황에서 저는 당신과 운명을 같이 할 수 없습

니다. 저에게 백 명의 소녀와 식량, 선박, 바다에 매장되기를 원치 않는 기능공을 나누어 주시면, 제가 섬으로 데리고 가서 여기에다 동극도東極島 왕국을 세우겠습니다.”

위험을 무릅쓰고 동해를 건너지 않으려는 사공과 기술자 무리들이 어수선하게 형헌을 추종하며 서복에게 형헌을 따라 섬으로 상륙하자고 권유했다.

서복은 의형제들이 가고자 하는 길이 각기 다름을 보고 침묵했다. 황천경은 체류를 반대했다.

“진시황은 우리가 도모하는 일이 새빨간 거짓임을 이미 알고 있으니, 절대로 그냥 지나치지 않고 반드시 몰살시키려 할 것입니다. 근래에 제가 ≪주례周禮·고공기考工記≫를 깊이 연구해본 바, 일출과 일몰의 형상을 보고 낮에 태양을 다른 날과 대조하고 밤에 북극성을 조사하여 보니, 조석으로 한 가운데 위치하였습니다. 게다가 왜인 겐조가 말하기를 동해는 동경東經 123도에서 흑조 난류가 한데 모여 규슈도九州島에 도달한다고 했습니다. 동해 건너 부상으로 가는 것을 두려워할 게 뭐가 있습니까?”

부기도 이 말에 찬동했다.

“부상으로 가는 길이 비록 멀기는 하나, 저 역시 큰형님의 의견에 찬성합니다. 계속 동해를 건너 왜인 겐조가 말한 이상적인 보금자리를 찾읍시다. 이 섬에서 진나라를 피하는 것은 반대입니다.”

그러자 서복이 말했다.

"남으면 지옥이요, 가자니 위험하고. 그러나 위험을 감수하면 한 가닥 삶의 희망이 있다. 공자께서 말씀하시길, '도가 행해지지 않으니, 뗏목을 타고 바다로 떠나려고 한다. 나를 따르는 자는 아마도 자로일 것이다道不行, 乘槎浮於海, 從我者, 其由與?', 또 '오랑캐와 더불어 살려고 한다與九夷共住.'고 말씀하셨다. 대해가 아무리 넓다 한들 반드시 끝이 있는 법, 거우도에서 만난 왜인 겐조가 부상의 오랑캐이니, 피안에 반드시 신천지가 있을 것이다."

서복은 무리하게 같이 갈 것을 강요하지 않고 옷, 음식, 각종 기물들은 나누어 주려했지만, 소녀들의 신상에 위험이 미치는 것은 결코 허락할 수 없었다.

형헌이 대노하여 추종자들에게 소녀들을 약탈하라고 지휘했다. 이리하여 동극도에서 분열을 찬성하는 자들과 분열을 반대하는 자들 사이에 한바탕 내분이 일어났다.

이때 이곤이 거느린 무수한 전함과 수군이 추격해 와 '구선'호는 앞뒤로 공격을 받았고, 양식과 사료를 실은 배도 진나라 군사의 불화살에 명중해 홍갈색 돛대를 연소시키며 불길이 치솟아 바다와 하늘을 온통 붉게 물들였다. 서복은 동극도에서 담수를 보충해야겠다는 생각을 버리고 형헌과의 분쟁도 종결지으며 의연히 선단을 호령하여 망망대해를 향해 힘차게 전진했다.

대륙 달봉산에서 변정랑은 아직 머리의 상처도 아물지 않은 채 아들을 안고 장선의 묘비에 와 머리를 조아렸다. 장선이 진시황에게 참수되었다는 사실을 알게 되었을 때는 슬픔을 참을 수 없어 오랫동안 바다만 응시했었다.

해상 동극도의 날씨가 돌변하여 비바람으로 혹독한 시련을 겪었다. 진나라 장수 이곤이 수군들에게 섬으로 올라가 형헌 일당을 체포하라는 명령을 내리자, 형헌은 험준한 지형을 이용해 완강히 저항했다. 군사력에서 큰 차이를 보이는 군사들 간의 한바탕 접전이 있은 뒤 형헌은 마침내 이곤에게 참수당해 수급이 나무 상자에 담겼다. 대해의 파도는 산같이 높고 안개 낀 바다는 아득하여 '구선대사'호와 선단들은 뿔뿔이 흩어져 한치 앞도 전진하기 힘들었다.

서복이 하모녀에게 말했다.

"나는 동극도에 남아 있는 우리 구선 인원들을 기리기 위해 동극도를 '동복산東福山'이라고 부르겠다!"

이때 해면 위에 갑자기 회오리바람이 배를 감아 올려 배 위에 있던 서복과 하모녀 등이 행방불명되었다.

제 28 장

정이 넘치는 오끼나와섬

대륙 달봉산 해안에서 진나라 장수 이곤은 살아남은 수군들을 데리고 동복도를 철수하여 범포에 싼 형헌의 수급을 들고 곧바로 진시황의 행궁으로 가 임무를 보고했다. 진시황은 곧 함양으로 돌아가야 하는 상황에, 이것이 서복의 수급을 벤 것이라 오인하여 누구의 수급인지 분간도 못하고 눈에 눈물이 가득 고인 채 말했다.

"서 방사, 짐은 자네에게 결코 악의가 없었네. 오히려 자네가 짐을 속였을 뿐이지. 오늘 자네가 짐보다 먼저 갔으니 이후로는 짐을 위해 영약을 찾을 사람이 없음이 슬플 따름이네."

진시황은 마지막 인사를 하려고 환관에게 꾸러미를 풀라 명했다.

이곤은 그 말을 듣고 대경실색하여 바닥에 무릎을 꿇고 용서를 빌었다.

"만세, 이것은 자객 형가의 동생 형헌의 수급이옵니다. 소장이 서복을 생포하지 못했으니, 그는 살아서 아직 대해를 표류하고 있을 것이옵니다.”

진시황이 눈물을 거두고 마음속으로 기뻐하며, 마치 장생에 서광이 비치는 것 같아 서둘러 이곤에게 달봉산에 있는 서복의 처자를 잘 감시하고 연해의 어부들에게 만약 서복이 처자식을 생각한다면 불로장생약을 가지고 와 처자식과 바꾸라는 소문을 내라고 명했다. 이때 진시황은 갑자기 심신의 불편함을 느끼고 고통스러워 참을 수 없었다. 좌승상 이사가 황망히 태의를 불러 치료하게 하고 속히 가마를 함양으로 몰라 명했다.

태평양 오끼나와琉球島 군도는 수림이 우거지고 황량한 원시림인데다가 열대의 경치였다.

서복은 마치 구름 위에 안개를 타고 하늘을 나는 것과 같이 의식이 혼미해지며 회오리 바람에 휩쓸려 이 섬으로 날려 왔다. 깨어나보니 온몸이 쑤시고 아팠다. 주위에는 그물침대, 가마솥 부뚜막과 돌도끼가 있었다. 담 모퉁이에는 사람의 새하얀 뼈가 한 무더기 쌓여 있었다.

그는 깜짝 놀라 질겁하며 지세, 생물, 인가, 온도와 시설을 둘러보고 조몬繩紋 시기와 비슷한 생활을 하고 있는 것으로 보아 여기가 바로 일찍이 들은 바 있는 죽은 사람의 고기만 먹는 오끼나와 군도로 확정지었다. 그는 급히 띠로 엮은 오두막을 나와 해안으로 달려가 슬퍼하며 바다에 대고 소리쳤다.

“구선 선단은 어디 있느냐? 나를 따르던 형제자매와 하모녀, 너희들 모두 어디 있느냐? 살았느냐 죽었느냐?"

이때 야자수 숲에서 미약한 여자의 신음소리가 들려왔다. 서복은 놀랍고 기이하여 곧 조심스레 소리가 나는 곳을 좇아갔다.

대륙 사통팔달의 대로에 뜨거운 뙤약볕으로 강줄기가 말라가고 있었다. 어가는 날듯이 전진하며 먼지를 일으킨다.

어가 안에서 진시황은 복부에 칼로 후벼 파는 듯 격렬한 통증^{맹장염}에 큰소리로 신음하며 구슬 같은 땀을 흘렸다. 태의는 영문을 모르고 황제가 더위를 먹은 줄로 착각하여 허둥지둥 동전에 물을 묻혀 진시황의 가슴과 등을 긁어댔다. 태의가 계속해서 행궁에 도착하면 제대로 치료할 터이니 조금만 참으라고 했지만, 진시황의 고통스런 신음소리는 온 일대에 퍼졌다.

태평양 오끼나와 군도에서 서복이 신음소리를 따라 야자수 숲으로 들어가자, 놀란 새와 짐승이 허둥대며 숨어버렸다. 그는 야자수 림 소택지에서 발버둥 치다 얼굴에 온통 흙탕물을 뒤집어쓴 한 여인을 발견했다. 서복은 옷이며 형체를 보고 이 여인이 자신의 하모녀임을 알아차렸다. 그가 즉시 나뭇가지와 야초를 타고 기어올라 하모녀를 구출하려했으나 자신마저도 수렁에 빠져버렸다. 요행히 등나무를 붙잡아 두 사람은 치명적인 재난을 모면했다. 서복은 하모녀를 안고 연못으로 가서 하모녀의 온 몸을 덮고 있는 진창을 깨끗이 씻겼다.

이때 공교롭게도 수사자 한 마리가 달려와, 두 사람은 놀라 허둥대며 나무위로 기어올랐다. 놀란 원숭이 떼가 소리치는 바람에 나뭇잎으로 몸을 가리고 피부가 까마반지르한 남녀가 뒤섞인 무리를 불러들이는 결과를 초래했다. 그들은 코끼리를 몰아 손에 든 대나무 화살과 몽둥이로 사자를 쫓아버리고, '야야' 소리 지르며 서복, 하모녀와 대화를 시도했다. 서복과 하모녀는 무슨 말인지 몰라 멍청하게 고개를 저었다.

대륙 절강성 동쪽 달봉산에서 이곤은 서복의 처자를 감시하였다. 변정랑은 아들 서희를 안고 또 해변으로 가서 눈물을 흘리며 기도했다. 이곤은 주위에 사람이 없음을 확인하고 말했다.

"부인, 소장에게 원한을 품지 마십시오. 과거에 당신 부친께서 소장의 부친을 살린 적이 있소. 소장은 부친의 은혜에 보답하고자 부인에게 장가들려고 했을 뿐입니다. 하지만 부인이 전남편 서복을 이렇듯 깊이 사모하고 있으니 부인의 염원대로 당신네 부부가 백년해로 할 수 있도록 백방으로 애쓰겠습니다. 서복 대사가 불로장생약을 찾아 돌아오는 일을 도울 것이오. 그러니 소장을 원수로 여기지 마십시오."

변정랑은 일시에 모든 근심 걱정이 사라지며, 이곤의 말이 채 끝나기도 전에 감격의 눈물을 흘리며 무릎을 꿇고 안도의 숨을 쉬었다.

"이 장군, 그만 하십시오, 저희 서복 처자는 평생 감사하는 마음으로 살겠습니다."

제 29 장
사구에서 천고의 한을 품은 진시황

태평양 오끼나와 군도에서 서복과 하모녀는 토착 흑인에게 구조되어 코끼리에 실려 띠로 지붕을 엮은 오두막 앞의 야자수림 광장에 도착했다. 토착민들은 그들의 풍습에 따라 손님을 마치 하늘에서 내려온 신 인양 떠받들고, 엄숙하게 제단을 세워 손시늉으로 두 사람을 초대해 세간에는 없는 기예를 전수받았다.

서복은 고개를 끄덕이며 승낙의 표시를 하고, 도처에 있는 야생 과일, 약초 재배 기술, 기본적인 의학 상식, 양조 기술을 가르쳤다. 하모녀는 시범적으로 논밭을 갈아 벼와 콩을 재배하고 면화, 야생에서 나는 마로 방직 기술을 전수했다.

부락의 추장은 몹시 기뻐하며, 남자 시체 한 구를 메고 와서 정성껏 대접하려하자 하모녀가 구역질을 했다. 여기는 외부 사람이 오면 친절하게 그물 침대에 들여 토착민 소녀를 발가벗겨 서복에게 상을 주고, 하모녀에게는 소년을 발가벗겨 맘껏 즐기게 하는 풍습이 있다.

하모녀가 질겁하자 서복이 위로했다.

"세상의 가장 앞선 과학 기술과 지식도 인류의 낡은 관습을 타파하기는 어려운 법이오. 서둘러 벗어날 대책을 강구하여 구선 선단을 찾아 나섭시다!"

그는 추장을 향해 미소 지으며 손짓으로 우리 두 사람에게 이렇듯 극진한 대우를 해준 데 대해 내심 매우 감격했다는 감사의 표시를 전했다. 그러나 우리 두 사람은 천제가 파견한 사람들이라 모든 일을 행하기에 앞서 반드시 공경의 마음을 담아 천제의 동의를 구해야 하니, 마취용 향으로 목욕을 한 뒤 일을 치르겠다고 했다. 추장을 시켜 사람들에게 무릎을 꿇고, 합장하고 눈을 감고 절대로 훔쳐보지 말고, 해가 떨어 질 때까지 그 자세 그대로 있으라는 명령을 내리라고 했다. 반드시 그래야만 천제께서 우리에게 은혜를 베풀 것이라고 추장에게 말했다.

추장이 알겠다는 표시를 하며, 토착 흑인들을 데리고 제단 위에서 눈을 감고 꿇어앉아 붉은 해가 서쪽으로 넘어가기만을 기다렸다. 서복은 이 기회를 틈타 하모녀를 데리고 해변으로 도망쳤다.

동해 대황도大荒島 모래사장 앞에 거대한 선단이 표류하여 정박해 있다. 돛은 부러지고 노는 못쓰게 망가져 간석지에 널려있고, 수많은 동남동녀들이 모래사장에서 게를 잡고 뛰는 물고기를 잡고 소라를 잡으며, 생선회와 날 새우 등을 먹고 있었다. 해안에는 가뭄 때문에 초목이 메말라 초지를 제외하고는 아무것도 없었다. 기능공들과 아이들이 땔나무를 안고 와 불을 피우자 무수한 연기가 구름 속으로 피어올랐다.

배 안에서 부기는 황천경에게 방도를 모색하자고 말했다.

"둘째형, 선단이 조류를 따라 동으로 북으로 여러 날 표류했으니 제 느낌으로는 여기가 왜인 겐조가 말한 아리아케해가 분명합니다. 큰형님과 하모녀는 회오리바람에 행방불명되어 생사가 불분명하니 십중팔구 용왕이 생명을 거둬 갔을 겁니다. 지금 배에 담수도 얼마 남지 않았고, 식량도 열흘을 버티기가 어렵습니다. 이 무인도에 나라를 세우는 것이 어떻겠습니까?"

그러자 황천경이 말했다.

"조수는 규칙적이나 바람이 제멋대로 분다. 회오리바람이 걸핏하면 어디든 휩쓸고 다니는데, 큰형이 어디로 날려갔는지도 모르지 않느냐? 우리가 여기로 온 것은 천만다행한 일이야. 고생스럽지만 이 섬에 나라를 세우는 일은 너와 나 우리 두 사람이 하자!"

이로써 구선 선단은 장기간 주둔하며 섬을 개간할 준비를 했다.

대륙 하남성 사구沙丘, 태양은 불같이 너울거리고 볏모는 마치 불에 구운 듯이 말라갔다. 진시황은 어가 안에서 복통을 견디지 못해 숨이 끊어질 지경에까지 이르렀다.

황제의 수레가 사구 평대平臺에 이르자, 진시황은 스스로 명이 다한 것을 알고 유서를 쓰기조차 힘들어 말로 유언을 남겼다.

"짐이 스무 살에 집정하여 삼십 년의 세월이 지나는 동안, 여섯 나라를 통합하고 영토를 개척하며, 만리장성을 건설하고 오령越城, 都龐, 萌渚, 騎田, 大庾을 굳건히 다졌다. 아울러 수레와 바퀴, 문서와 말, 풍속과 인륜, 도량형을 통일했다. 책력을 제위 기간에 정리하고 서주와 동주를 제압하고 제후를 멸망시켰노라. 먼 나라와는 친교를 맺고 이웃 나라는 공격하여 육대를 내려온 공적에 업적을 더하여 못 이룬 일이 없었으나, 돌아갈 곳이 없구나. 불로장생약을 찾는 일을 순조롭게 이루지 못한 것이 평생의 한일뿐이다. 아아, 슬프도다. 짐이 세상을 뜨면 서둘러 황태자 부소를 함양으로 불러 진나라 만세의 업을 계속 잇도록 하라."

유서를 마치고 진시황은 갑자기 숨을 거두었다.

이때 둘째아들 호해가 중거부령 조고와 대신들을 거느리고 어가를 맞으러 함양을 출발해 하남 사구의 평대에 도착하니, 진시황의 유서가 봉해져 있었다. 조고는 유서를 읽어보고 좌승상 이사와 비밀리에 모의했다.

"부소가 몽염을 따라가 만리장성을 축조하고 변경을 수비하고 있으니, 몽염을 신임하는 것은 당연지사, 우리 두 사람과는 소원할 것이 분명하오. 만약에 지금 부소가 황위를 물려받으면, 우리가 가진 권력을 다른 사람에게 빼앗길 것이고 권력다툼이 생겨나 우리는 죽음의 화를 면키 어려울 것이오. 호해는 아직 어린애고 덕성과 특출한 재능도 없소. 만약 보위를 계승한다면 권력을 우리 손바닥에 넣고 마음대로 조종할 수 있으니, 진나라가 곧 우리 손아귀에 있는 것과 마찬가지 아니겠소?”

이사가 조고의 말을 고려해보니, 이치에 맞고 자신에게도 유리할 것 같아 호해를 황태자로 세우고 부소는 즉시 자살하라고 유서를 고쳐 썼다.

이사와 조고는 진시황이 어가를 타고 오는 도중에 승하하였으므로, 조정과 민간에 의혹이 불거질까 염려되어 중국 전체의 정국이 불안정하다는 유언비어를 조성하여 부소를 속이고 비밀리에 장사 지냈다. 썩고 있는 진시황 시체의 악취를 엄폐하기 위해 건어물 수레를 이용했다. 이르는 길마다 악취가 진동하여 행인들은 그 역한 냄새를 맡고는 코를 막고 도망 가버렸다.

제 30 장

나가사키에서의 구사일생

    태평양 류큐琉球 군도에서 서복은 하모녀를 데리고 해변으로 도망쳐 탈출할 배를 찾아다니다가 뜻밖에 간석지 풀덤불 속에 숨긴 큰 대나무 뗏목 하나를 발견했다. 위에는 거대한 파초 잎을 덮어 놓고 아래에는 야자 열매, 음식물, 담수 항아리가 쌓여있었다. 두 사람은 기쁨을 감추지 못하고 정말로 신선이 도운 것이라 여기며 뗏목을 힘껏 대해로 밀어 넣었다.

    이때 누런 수염의 노인이 급히 뒤 쫓아와 그들을 저지했다. 서복이 검을 뽑아 돌격하여 베려하자, 누런 수염의 노인이 가까이오더니 갑자기 무릎을 꿇고 애원하면서 손짓 발짓을 하며 알 수 없는 언어로 떠들어댔다. 서복은 그가 하는 말을 알아들을 수는 없었으나, 그가 바로 거우도에서 살려준 적이 있는 왜인 겐조임을 식별해냈다.

    쌍방이 주고받은 손시늉을 통해, 서복은 그가 태풍을 만나 배가 뒤집혀서 뗏목을 끌어안고 표류하다가 마침내 류큐 군도에 도착하게 되었음을 알게 되었다. 다행이 류큐섬 토착 흑인들이 포로를 죽이지 않고 살려두는 풍속이 있어 그는 섬에서 생존할 수 있었다. 시일이 지날수록 부상의 고향이 그리워, 뗏목에다 암암리에 식품과 담수를 준비해놓고 북쪽으로 떠날 계획이었다. 오늘 그도 토착 흑인들 속에 꿇어앉아 아무것도 모르는 채 눈을 감고 서복과 하모녀의 일거수일투족에 주의를 기울이고 있었다. 그는 두 사람이 꾀를 써서 상대가 눈치 채지 못하는 사이에 해변으로 달리는 것을 보고, 그도 곧 조용히 무릎을 꿇고 있는 토착 흑인 무리를 벗어나 그들을 따라왔다.

서복은 심사숙고 한 뒤, 이윽고 서로 힘을 합쳐 북쪽 동해로 가기로 동의했다. 왜인 겐조는 또 백사장에서 바나나와 과일 등이 담긴 망태기를 끌어내어 뗏목 위로 던져 올리고, 등나무 자리로 돛을 만들고, 야자수 나무기둥으로 키를 달았다. 서복과 하모녀가 뗏목에 오르고 왜인 겐조가 능숙한 솜씨로 뗏목을 저어 해안을 빠져나가 흑조 난류로 진입하자, 바람이 순조롭게 정북 방향으로 불었다.

대륙 만리장성 아래 새로 축조한 만리장성이 마치 큰 사막 위의 한 마리 거대한 용 같이 끊어졌다 이어졌다하며 길게 누워있다. 잡역부들은 힘들게 돌을 캐고 땅을 다지며 벽돌을 운반했다.

범기량이 얇은 홑옷만 걸치고 피골이 상접하여 장작 같은 몰골로 새로 만든 담장 높은 곳에 서 있었다. 그는 능숙한 솜씨로 담을 측량하다가 성벽이 갈라져 금이 간 것을 발견하고 급히 외쳤다.

"모두들 빨리 와 보시오! 벽이 기울어 갈라졌소."

말이 끝나기가 무섭게 성벽이 별안간 요란한 소리를 내며 무너져 내렸고 범기량은 그 성벽 밑에 깔렸다. 공사 현장은 흙먼지가 날리고 살려달라고 외치는 범기량의 목소리가 들렸다. 이때 맹강녀가 겨울옷을 챙겨 넣은 보따리를 짊어진 채, 천리 먼 길을 달려 와서 성벽에 깔려 부르짖는 범랑의 소리를 듣고는 간과 허파가 찢어지도록 통곡했다. 그녀는 열 손가락에 선혈을 뚝뚝 흘리며 미친 듯이 벽돌을 파냈다.

태자 부소는 보고를 받고 성벽이 붕괴된 곳으로 순시를 나가 맹강녀를 위로하려고 할 즈음, 황의를 걸친 환관의 말이 당도해 부왕의 조서를 낭독하고 독주 한 주전자를 양손에 건네주었다.

조서의 내용은 이러했다.

"왕자 부소는 비록 타고난 자질이 총명하고 재기와 사상이 민첩하기는 하나, 비현실적이고 이상만 높으며 포악하고 오만불손하여 일국의 군주가 되기 어렵다. 진나라 종묘 사직을 위해 태자 부소를 폐위시키고 호해를 황태자로 책립하여 황위를 계승토록 한다. 오늘 특별히 독주를 하사하니, 부소는 속히 자결하라. 황상이 이르노라."

부소는 조서를 들으며 독주를 두 손으로 받아든 채 통곡했다.

대해에서 뗏목은 순풍을 만나 북쪽을 향해 빠른 속도로 나아갔다. 서복과 하모녀는 과일을 먹으며 왜인들이 쓰는 간단한 회화를 겐조에게 배우면서 그렇게 분위기는 무르익어 갔다. 그러나 별안간 바람이 동남쪽으로 불기 시작했다. 서복은 일광의 그림자를 보고 항로를 측정해 뗏목이 현재 항로를 벗어났다는 것을 깨닫고, 세 사람은 혼신을 다해 뗏목을 저어 필사적으로 동해 쪽으로 항로를 되돌렸다.

대륙 만리장성 아래 군막에서 부소는 양손에 독주를 받쳐 든 채 소리죽여 울었다. 몽염 장군은 조서를 갈기갈기 찢어버리고 군막 안을 이리저리 왔다갔다 하며 큰소리로 울부짖었다.

"속임수야, 속임수! 함양으로 돌아가 부황 면전에서 명확히 물어봅시다!"

동해 뗏목 위에서 뗏목을 젓던 하모녀는 전방 해면 위에 좁고 긴 무인도 하나가 점점 형태를 드러내는 모습을 발견했다. 겐조가 별안간 기뻐하며 큰소리로 외쳤다.

"저곳은 내 고향 맞은편에 있는 나가사키도^{長崎島}입니다!"

하모녀는 해안에 즐비한 돛대와 낯익은 이층 배를 보았다. 서복은 이것이 자신의 구선 선단임을 알았다.

갑자기 해안 초지에 큰 불길이 일고 소년소녀들이 울부짖으며 우왕좌왕 뛰어다녔다. 서복은 겐조에게 뗏목을 해안에 정박하라 명하고 초지를 향해 뛰어들며 크게 외쳤다.

"어서 불을 붙여 자신을 구하라!"

그는 옷소매로 코를 막으며 있는 힘을 다해 초지의 아이들에게 달려가 바람이 부는 방향으로 마른풀에 불을 붙였다. 삽시간에 온 섬이 불천지로 변했지만, 공교롭게도 서복이 불사른 새까만 빈터, 아이들이 서있는 그곳만 불이 비켜갔다.

기능공들은 서 대사의 출현에 기쁨의 눈물이 가득 고였다. 학매, 소애, 소엽 등 동남동녀들은 오랫동안 헤어져 있던 부모를 만난 것처럼 서복과 하모녀를 꼭 끌어안았다.

부기는 아이들이 밥을 지을 때 주의하지 않았기 때문에 마른풀에 불이 붙어 큰불이 난 것이라고 서복에게 말했다. 황천경은 이 섬이 진나라 영토와 멀리 떨어져 있으니, 여기에 나라를 세우자고 건의했다. 겐조는 마치 알아들은 양, 해협 맞은편 멀리 단주亶州: 오늘날 규슈 사가 산맥을 가리키며 합장하고 손바닥으로 가슴을 쳤다.

서복이 그 의미를 알아듣고 부기와 황천경에게 말했다.

"겐조의 말에 의하면, 이 섬은 부상인들이 나가사키라고 부르는 섬으로, 현재 오랑캐의 땅으로 발붙이고 살기 어려운 곳이다. 해협 맞은편의 해안은 겐조의 고향인 사가로, 경작지가 넓고 산물도 풍부하니 어쩌면 산에서 불로장생약을 찾을 수 있을지도 모른다고 한다."

서복이 부기와 황천경을 설득하여 구선 선단은 다시 항해 길에 올랐다.

제31장
사가현 상륙

동해 부상 아리아케해 규슈 해안, 양광이 눈부시고 풍광은 온화하고 아름다웠다. 옥토는 끝이 없고 아득히 멀리서 긴류우산金立山이 보였다. 구선 선단은 '부배浮盃'를 길 안내자 삼아 해안선을 따라 하구를 찾았다. 서복이 기뻐하며 말했다.

"평원과 넓은 호수가 있는 이곳은 정착해서 살만한 곳이다!"

그러나 선단이 막 해안에 정박하려 하자, 대지가 진동하고 비바람이 몰아쳤다. 강렬한 유황 냄새가 코를 찌르고 해일과 지진이 발생해, 선단은 또 미증유의 생사를 건 시련을 맞게 되었다.

대륙 만리장성 아래 군막에서 몽염은 독주를 마시고 자결하려는 부소를 보고, 독이 든 주전자를 때려 부수고 화를 내며 꾸짖는다.

"태자 마마, 인품이란 오직 한마음으로 충효에 힘쓰는 것으로 가늠되는 것이 아니옵니다. 조서는 간신배가 날조한 것으로 새빨간 거짓말입니다! 태자 마마께서는 응당 부황께 가서 진위를 밝히시고 환관들 역적의 음모를 파헤치셔야 합니다.”

부소가 눈물을 참으며 말했다.

“부황께서 장군을 폄하하여 나로 하여금 변방 지키는 일을 감독하라 했거늘, 조서 없이는 조정에 들어갈 수 없소. 사는 것은 일찍이 포기했소. 오늘 부황께서 내가 자결하길 원하시는데 호소한들 무슨 소용이 있겠소? 만일 부황께서 아들의 말을 조금이라도 듣고, 당초에 만리장성을 축조하는 일을 우습게 여기지만 않았더라면 좋았을 것을.”

부소는 순식간에 보검을 뽑아 목을 베어 자살해버렸다.

이때 환관이 무사를 인솔해 숨어들어와 몽염을 붙잡았다. 그러자 몽염이 포효했다.

“내게 무슨 죄가 있느냐, 무슨 죄가…….”

동해 부상 아리아케해 해안, 지진과 폭우 속에 해면에는 용암이 떠다니고 강줄기로 소금물이 역류했다. 구선 선단이 가까스로 강의 물굽이로 들어와 급히 배를 버리고 상륙하였으나, 간석지의 충적된 진흙에 빠져 모두가 빠져나오기 어렵게 되었다.

서복은 선원과 기능공들에게 가지고 있던 포목을 진흙 위에 깔고 배위의 물자들을 해안 고지대로 옮기라고 명령을 내리고는 완전히 지쳐 땅에 쓰러져버렸다. 굶주림과 추위가 뼈 속 깊이 파고들자 여기저기서 흐느끼는 소리가 아득히 넓은 벌판까지 울려 퍼졌다. 서복은 온몸이 진흙투성이인 하모녀를 부축하여 일으키고 비틀거리며 인원수와 선박수를 일일이 점검했다. 요행히 살아남은 사람은 겨우 천여 명에 가까웠고 선박수도 마흔 아홉 척이 남았다. 황천경과 부기도 죽었는지 살았는지 행방이 묘연했고, 오직 학매가 들고 있던 '구선 대사' 황기만이 풀이 나있는 강가의 평지 위에 펄럭이고 있었다.

이때 왜인 겐조가 유달리 흥분하며 서복에게 여기가 바로 자신의 고향 부상이며, 이 만은 아리아케해 만으로, 이 지방을 사가^{佐賀} 모로도미정^{諸富町}이라 부른다고 하면서, 담수를 구하려면 반드시 계속해서 강줄기를 거슬러 올라가야 한다고 알려줬다. 그는 말을 마치고 말없이 이별했다.

서복과 일행은 기진맥진하여 걷기조차 힘들었다. 오래지 않아 멀리서 죽판^{케스테네츠} 두드리는 소리가 들리더니 왜인 겐조는 아름답고 수줍어하는 아진^{阿辰}이라는 처녀를 데리고 여왕 부락을 대표해 담수와 호박을 보내왔다. 아진 처녀는 삼마 조각으로 몸을 가리고 있었는데, 풍속과 예절이 의아함을 느끼게 할 정도로 이상했다. 겐조는 서복에게 이 아이가 자신의 딸 아진이며, 여왕 폐하께서 서복이 자신을 도와 여왕 부락을 괴롭히는 남왕 부락을 물리쳐주기를 바란다고 말했다. 서복은 자신이 아직은 본토 싸움에 참여할 입장이 아니라고 느끼고, 부득불 대충대충 얼버무리면서 하모녀에게 흰 쌀밥으로 밥을 시어 손님을 잘 대접하라고 이르고 사의를 표했다.

대륙 월나라 달봉산에는 검은 구름이 온통 하늘을 뒤덮고 천둥소리가 요란하게 울렸다. 변정랑이 서희를 안고 산비탈을 달려가 달봉정達蓬亭에 도착하여 향을 피우고 기도했다.

"팔방의 신령님들, 지나가는 신선님들, 저의 지아비가 진시황을 위해 불로장생약을 찾아 바다로 나간 지 이미 여러 달이 되었습니다. 신들께서 도와주시어 빠른 시일 내에 돌아오길 염원합니다."

이곤이 우산을 가지고 와서 변정랑에게 아들이 비에 맞으니 서둘러서 돌아가자고 설득했으나, 변정랑은 입을 다문 채 말이 없었다. 이곤은 서희를 받아 품에 안고 돌아갔다.

동해 부상 사가현 모로도미정 강줄기, 왜인 겐조의 길안내로 여왕이 다시 파견한 남녀 토착민들은 서복의 구선 선단을 도와 배를 밧줄로 예인하여 긴류우산 오지로 출발했다. 선단이 밀림을 지나자, 확 트인 청산은 가파르고 빼어나게 아름다웠으며 샘물에서는 새가 날아올랐다. 산 아래에 풀이 무성한 들판은 아득히 멀고 광활하며 초목이 우거졌다. 겐조가 손으로 가리키며 이곳은 긴류우산이며 그와 딸은 산기슭에 살고 있다고 말했다. 서복은 기능공들에게 배위의 물자를 언덕으로 옮기라 명하고 병영을 설치하고 주둔했다.

서복이 하모녀에게 상의했다.

"이왕에 토박이 여왕 부락에서 우리 구선 선단에 식수를 배달하고 배를 밀어주는 등 우의를 보였으니, 우리도 이번 기회에 그 답례로 부상에 우리 입장을 표시합시다. 당신이 물품을 가지고 여왕을 방문하도록 하시오. 나는 해안으로 가서 이번 변고로 흩어진 선박과 인원들을 찾아보겠소."

하모녀는 더럭 겁이 났다.

"제가 과연 할 수 있을까요?"

이에 서복이 격려했다.

"부상의 산천과 마을의 정황을 살펴보니 조몬繩紋과 야요이彌生 과 도기의 야만 상태인 것 같소. 진나라 사람인 우리가 그들을 개화하는데 앞장서서 그들의 복지와 문명을 개화시키는 문명 사절단이 됩시다! 겁내지 말고 가보시오!"

제 32 장

모로도미정에서 결혼을 기피하는 서복

동해 부상 긴류우산 기슭 풀이 우거진 들판에서 하모녀가 비단, 백미, 곡주, 청동 거울, 도자기 그릇 등 물품을 든 학매, 소애 등 한 무리의 소녀를 거느리고 산골짜기 여왕 부락을 향해 걸어갔다. 길을 가는 도중에 만난 산천, 협곡, 계류, 삼림, 초원이 모두 너무나 좋은 것을 보고 토착 왜인의 독특한 생존 상태를 엿볼 수 있었다. 토착민은 돌 위에 호두를 두드려서 까고 고구마를 잿불에 굽고 등심초, 야생마, 칡을 이용해서 자리를 짰다. '사절단'이 높은 침대처럼 생긴 그들의 오두막집을 지날 때, 왜인들은 모두들 호기심어린 눈으로 물 건너온 사람들의 발에 신은 신발을 쳐다보았다. 청동 거울에 비친 자신의 얼굴을 보았을 때는 놀라서 마구 도망갔다.

이때 아진 처녀가 달려와 맞이하며 놀란 기색을 띤 얼굴로, '당신이야' 하면서 손가락으로 가리켰다. 하모녀는 왜인들의 간단한 회화만 알아들었으므로 어떤 큰일이 발생할지 몰라 학매와 소애에게 서복 대사에게 알리라고 명령했다.

아리아케해 만에서 서복이 선원 우두머리를 조직하여 실종자들을 찾고 있을 때, 학매와 소애가 달려와 다급하게 보고했다. 서복은 사람들에게 계속 찾으라고 지시하고 자신은 학매, 소애와 함께 하모녀를 찾아가 상의하고자 했다. 서복은 하모녀의 남자 하인으로 분장을 하고 아진 처녀를 따라 여왕 부락으로 갔다.

대륙 함양궁 금란전에서 진나라 2대 황제 호해가 제위에 오르는 의식에 관련된 안배와 처리 문제를 두고 조고와 상의하고 있을 때, 뜻밖에도 부소 형님이 자결했다는 소식이 전해지자, 호해는 기쁨에 겨워 붉은 양탄자 위에서 재주를 넘으며 생각 없이 입에서 나오는 대로 지껄였다.

"내가 진나라 황제야! 나는 과인이다! 내가 존귀한 제왕의 몸이야! 나는 짐이다! 내가 폐하야."

새로 부임한 낭중령郎中令 조고는 왕의 측근에서 권세와 실력을 장악하고 호해의 문제점을 지적했다.

"폐하, 신중 하시옵소서. 부황의 장례를 어떻게 해야 정중하게 치를 수 있겠습니까?"

호해가 망연자실 반문했다.

"대감은 낭중령이니 무슨 좋은 방도가 있을 것 아닌가?"

조고가 아뢰었다.

"시황제께서는 삼황과 오제의 공적을 뛰어넘어 천고 제일의 황제라 할 수 있습니다. 그러나 방사 서복을 오신하였기에 진나라 무덤 만드는 공사를 지연시켰습니다. 폐하께서는 즉시 네 가지 명령을 하달하십시오. 첫째, 왕릉을 기한 내에 준공하고 명령을 어기는 자는 참수한다. 둘째, 국가가 정한 법규에 따라 선황을 장사지내고 이를 어기는 자는 참수한다. 셋째, 도굴을 방지하기 위해 입구에 기술자를 시켜 살인 도구를 설치하고 구리를 녹여 붓게 한다. 무덤으로 통하는 길, 묘혈, 무덤 바닥에 수은을 대어 강, 하천, 호수, 바다의 설계도를 완성하고 이를 어길 시는 참수한다. 넷째, 이곤 장군에게 달봉산에 구금하고 있는 서복의 처자식을 데리고 주야로 길을 재촉하여 진시황릉으로 급히 오라 명하고 삼천의 동남동녀를 대신해 순장한다. 봉묘 기술자들도 같이 무덤에 생매장시킨다. 이를 어길 시는 참수한다.”

호해가 좌승상 이사에게 말했다.

“승상의 생각은 어떠한가?”

이사는 자신의 생각을 말하려 했으나, 노기 띤 조고의 얼굴을 보고 급히 돌려서 말했다.

“낭중령의 말에 일리 있습니다. 아주 기발한 계획으로 살아생전 선황의 숙원과도 부합됩니다.”

절강성 동쪽 달봉산 기슭 서 씨 일가 촌락의 빈집에서 변정랑은 동요를 부르며 아들을 달래서 재웠다. 이곤이 변정랑을 위해 물을 길어오자, 변정랑은 감동하여 물을 두 손으로 공손히 받쳐 들고 이

곤에게 건네고 헤진 옷을 꿰매주었다. 이때 현령이 문 앞에 나타나
성지를 낭독했다.

"하늘을 받들고 천명을 받으라. 황제의 조서는 다음과 같노라. 구
선 주둔지를 감독하는 이곤 장군에게 칙령을 내리니, 방사 서복의
부인 변정랑 모자를 속히 함양으로 호송하라. 진시황의 순장을 위
해 잠시도 지체하면 안 된다."

이 소식을 듣고 달려온 서 씨 족장과 종친들은 이를 저지할 이유
를 찾고 있었다.

동해 부상 긴류우산 골짜기, 산을 등지고 강을 낀 높은 마루 형
태의 오두막 여왕의 궁궐에서 하모녀는 왜인의 예절에 따라 부락
여왕에게 진상품을 바치고, 서로 유방을 드러내며 성의를 보였다.
여왕 이모는 중늙은이로 우아한 자태가 아직 남아있기는 했지만,
부친의 심한 복부 통증으로 인해 비통하게 눈물을 쏟았다.

하모녀는 급히 '하인' 서복에게 병세를 진찰하라고 명했다. 서복
은 급성 장염이라는 진단을 내리고 갈대 줄기로 만든 피리를 부친
의 항문에 삽입하고 독을 입으로 빨아낸 다음, 곡주로 장을 씻어
치료했다. 여왕은 병으로 인한 부친의 날카로운 고통이 줄어들자
지극히 감동하여 하모녀에게 '남자 하인'을 자신에게 선사하라며
서복이 환자 곁에서 시중들도록 해주면 '하인'에게 사례하겠다고
한사코 고집을 피웠다. 그렇게 하지 않으면 여왕 부락을 경시하여
도발하려는 것으로 간주하겠다고 했다. 서복은 애가 타고 하모녀는

놀라서 멍해졌다. 이때 석공이 좇아와서 구선 진영이 남왕 부락에
포위되어 위급한 상황이라고 보고했다. 서복은 크게 놀랐다.

발을 씻어 맺는 부부의 인연

제33장

동해 부상 사가 모로도미정 구선 진영 상공에 달빛이 무성하다. 대부분의 물자와 오곡의 종자는 제방에 겹겹이 쌓아 놓았다. 칡으로 머리를 동여맨 백여 명의 토착민이 진영을 에워싼 채, 수비하던 인원을 밧줄로 목 졸라 죽이고 물자와 소녀를 약탈한 뒤 유황 횃불로 대나무 울타리에 불을 질렀다.

잠을 자고 있던 기능공, 선원과 동남동녀들은 '아해'와 '아양'이 짖어대는 소리에 놀라 잠에서 깨어나 정신이 몽롱한 가운데서도 자신을 방어했다. 이때 하모녀는 '어질고 선량한 마음으로 이웃과 친하게 지내고 서로 화합하고 교화하여 정복과 질투를 일삼지 말고 왜인 토착민과 융화하여 서로 화목하게 지내자'는 서복의 취지를 따라 '사절단'을 이끌고 재빨리 여왕 부락의 궁궐 오두막을 떠나 주둔지 외곽의 죽림으로 돌아와 남왕 부락이 약탈해간 구선 진영의 물자와 아이들을 찾고, 대나무에 불을 붙여 폭죽소리를 내며 높은 하늘로 쏘아 천군만마가 내달리는 것 같이 보이게 했다. 왜인이 그 소리를 듣고 상황을 보고는 황망히 도망 가버렸다. 하모녀는 왜인들이 도망가자 사람들을 거느리고 진화 작업을 하고 부상자를 구조한 뒤 물자와 인원을 일일이 점검했다.

여왕 부락 궁궐 오두막에서 기름불 등잔 불빛은 은은하고 오두막 안에 세차게 솟아나는 온천은 열기가 올라 크고 넓은 하늘에 장관을 이뤘다. 여왕은 볏짚 더미위에 누워있고 숙직하는 무사장이 침상 앞에서 시중을 들었다. '하인' 서복은 어쩔 수 없이 억류당해 몇 명 시녀들에 의해 옷이 벗겨진 채로 온천에 떠밀려 들어가 몸을 깨끗이 하고 여왕의 '노리개'로 바쳐질 신세가 되었다.

이때 아진 처녀가 들어와 여왕에게 호박과 밀전병을 바쳤다. 서복이 손짓으로 도와달라는 암시를 했다. 아진이 정황을 모르는 척 가장하고 재빨리 찻물을 기름등잔에 끼얹자 '왕궁'은 순식간에 칠흑으로 변해버렸다. 서복은 암흑을 틈타 무사장을 여왕의 침대로 밀어버리고 온천을 따라 헤엄쳤다.

대륙 절강성 월 땅 달봉산 죽림에서 이곤은 서희를 안고 변정랑을 부축하여 깊은 산속으로 도망쳤다. 산길이 꼬불꼬불 구부러져있어 하인들이 그 뒤를 바짝 뒤따랐다.

동해 부상 사가 모로도미정 구선 진영에서 서복은 온몸이 흠뻑 젖은 채 도망쳐 나와 보니 큰 재난을 당한 뒤의 광경이 참담하기만 했다. 그는 기능공과 선원들에게 병영을 보강하고 도랑을 깊게 파서 토성을 구축하여 남왕 부락이 세력을 회복하여 다시 쳐들어오는 것에 대비하라 명령했다. 하모녀는 동남동녀들을 데리고 황무지를 개간하여 씨를 뿌리고, 육용과 용사들을 불러 모아 인질을 구출하기 위한 교섭을 벌이라고 명령했다. 서복은 겐조를 찾아가서 길안내를 시키고 몰래 긴류우산을 우회하여 그곳으로 내려가서 찾을 계획을 짰다.

대륙 함양 진시황궁 어화원御花園에서 낭중령 조고는 진나라 2대 황제 호해에게 은밀하게 말했다.

"폐하, 시황제의 국장을 이미 치루기는 했으나 임금의 자리를 찬탈하려는 음모를 꾸미는 자들이 아직도 살아있음을 아셔야 합니다. 시간이 지나면 분명 기밀이 누설되어 폐하와 종묘 사직에 위험이 미칠 것이옵니다. 신의 소견으로는, 아직 살아있는 폐하의 형제자매 22명에게 대역죄를 씌우고, 이참에 좌승상 이사도 같이 없애버리면 폐하의 황위가 굳건해질 것이라 사료되옵니다. 소신 조고는 폐하께서 승상으로 책봉하시든 말든 상관없습니다. 폐하의 처분에 맞기겠습니다!"

호해는 조고의 말을 듣고, 용상에 털썩 주저앉아 손에 들고 있던 찻잔을 던져 산산조각을 냈다.

조고가 미소 지으며 제멋대로 소매 안에 미리 준비한 '밀지'를 꺼내 황제의 근위대에게 주며 서둘러 집행하라 명령했다.

이때 환관이 황망히 달려와 소식을 전했다.

"안휘성 숙현^{宿縣}에서 화급한 전갈이옵니다. 대택향^{大澤鄕} 인부 900명이 반란을 일으켰는데, 그 우두머리가 진승^{陳勝}과 오광^{吳廣}이라 하옵니다."

호해는 순간 너무 놀라 눈에 초점을 잃고 물끄러미 바라보다가 급히 소탕하라 명했다.

동해 부상 사가 긴류우산 겐조의 초막 앞에서 아진 처녀는 돌절구에 야생에서 나는 곡물을 넣고 절구 공이로 찧고 있었다. 서복이 선물을 들고 겐조를 방문하여 서투른 일본어로 말했다.

"아리가토 고자이마스^{감사합니다}. 아진 처녀께서 여왕궁에서 저를 구해준 데 대한 감사의 선물입니다."

그리고 청동 거울과 얼레빗도 함께 선물했다. 아진 처녀는 이 물건들을 보고 놀랍고도 신기하다고 여기고, 잠시 동안 부끄러워하며 얼굴이 빨개져 고개를 숙이고, 냉수 한 국자를 떠서 서복에게로 가서 수줍어하며 서복의 발위에 묻은 진창을 씻겨주었다.

이때 겐조가 약 광주리를 짊어진 채 문을 들어오다가 이 광경을 보고 놀리듯이 서복의 엉덩이를 치며 말했다.

"요이^{좋습니다}. 서 대사. 당신이 내 무스메^딸의 발 냉수욕을 받았으니, 지금부터 아진은 당신의 쯔마^{아내}가 되었습니다. 저는 다이스키데스^{매우 기쁩니다}."

서복은 그 말을 듣고 놀라 계속해서 손사래를 치며 겐조에게 어디를 가서 그리 오래 보이지 않았냐며 한참을 찾았다고 했다. 겐조는 서복에게 부상 사람 모두가 긴류우산과 후지산富士山에 서 대사가 찾고자 하는 불로장생약이 있다는 것을 알고 있다면서, 이름이 '흑로黑路' 또는 '두형杜衡'으로 불리며, 민간에서 부르는 속명도 '후로후시'늙지 않고 죽지 않는다는 뜻을 가짐라고 했다. 원래는 서 대사께 거우도에서 목숨을 구해준 은혜를 갚으려고 여러 날 동안 약을 찾아다녔지만 결국 빈손으로 돌아왔다고 했다. 서복은 부상에 불로장생약이 있다는 말에 마음속으로 다시금 희망의 불꽃이 타올랐다.

이때 육용과 학매가 달려와 남녀 부락이 연합하여 주둔지를 또다시 침공했다고 보고했다.

제 34 장

공전의 대격돌

동해 부상 사가 모로도미정 구선 진영 주둔지에서 하모녀는 사람들을 거느리고 황무지를 개간하여 씨를 뿌리며 가축을 사육했다. 여왕 부락 무사장이 '달月' 모양의 토템을 든 채 출병할 군사를 여왕 앞에 모아놓고 여왕을 깔본 서복의 죄를 물어 토벌하면 상을 내리겠다고 말했다. 이때 남왕 부락도 '태양太陽' 모양의 토템을 든 채 포로로 잡은 소녀들을 방패삼아 공격을 개시하라는 고함을 외쳤다. 구선 진영이 여왕 부락에만 진귀한 보물을 진상하고 남왕 부락에는 선물을 바치지 않았다는 것이 공격의 이유였다.

서복은 왜인들이 배우자를 정하는 풍속을 알지 못했기 때문에, 아진 처녀의 '족욕足浴'이 부담스러워 구실을 대고 겐조의 집을 빠져나와 주둔지로 돌아왔다. 그는 겐조가 시킨 대로 남녀 부락의 왕을 초대해 술잔치를 벌였다. 악사들은 대륙 절강성 동부 지방의 관현악기로 소악韶樂을 연주하고 동남동녀들은 춤을 추기 시작했다. 왜인들은 그것을 보고 미친 듯이 매혹되어 술에 취해 신선이 된 양 즐거워했다.

음악이 끊기자 서복이 서투른 일본어로 말했다.

"하지메 마시데^(처음 뵙겠습니다). 도조 요로시꾸^(잘 부탁드립니다). 천신의 도움으로 우리가 대륙에서 이곳까지 왔으니 천신의 뜻대로 와따시다찌^(우리)와 아나따다찌^(당신들) 모두가 이웃사촌처럼 화목하고 사이좋게 지냅시다. 오늘 고명하신 두 분 대왕님을 만나 뵙게 되어 영광입니다. 격투로 무예를 겨루어 승자는 왕이 되고, 패자는 신하가 되기로 합시다."

겐조는 남왕과 여왕이 말귀를 못 알아 들을까봐 걱정이 되어 다시 일본어로 통역했다.

두 왕은 취기가 오를 대로 올라 정신이 혼미해져서 제멋대로 지껄였다.

"오사케^(술) 가져와! 오사케! 너희들이 바로 늙지 않고 죽지 않는 신선이다. 요이! 신선과 겨뤄보자. ……"

대륙 안휘성 숙현 대택향에서 농민 봉기의 지도자인 진승과 오광이 '초楚'자를 쓴 깃발을 들고 무장봉기했다. 백성들은 연이어 닭을 잡아와 그들을 격려했고, 젊은이들은 진나라를 반대하는 의용군에 가담했다.

모로도미정 초원에서 달 토템, 태양 토템, 황기 등 세 개의 깃발이 나란히 병립하여 구선 진영, 여왕 부락, 남왕 부락 삼자간의 국제적인 시합이 초지 위에서 한바탕 벌어졌다. 서복은 백보마를 탄 육용을 내보내고, 여왕국은 얼굴이 검고 눈이 큰 무사장을 선발하여 살아있는 돼지에 태워 내보냈으며, 남왕국은 젊은 용사를 선발하여 물소에 태워 내보냈다. 소라 나팔이 울리자 산 돼지가 놀라서 저돌적으로 돌진했다. 소를 탄 용사가 즉시 채찍을 휘두르며 뒤따르자 왜인들이 기뻐 날뛰었다. 백보마는 이런 경기가 처음이었으므로 엉덩이에 경련을 일으키며 종아리가 엇갈리게 꼬여 육용을 연못에 쳐 박아버렸다. 그러나 육용은 신속히 단번에 말 등으로 뛰어올라 쏜살같이 소, 돼지를 타고 있는 자들을 멀리 던져버렸다.

이밖에도 토담 안에서 소애와 왜인 처녀가 '방직' 경기를 진행하고 있었다. 구선 진영의 방직 공구와 기술은 왜인 여자들에게 놀라움을 금치 못할 정도였다.

대륙 함양 진시황궁 왕실 종묘에서 호해는 선황의 제사를 지내며 신임 승상 조고에게 하문했다.

"승상 대감, 이곤이 호송하기로 한 서복 처자는 무슨 연유로 아직도 꾸물대고 도착하지 않는가? 부황의 능묘를 봉하는 길일에 차질이 생기면 아니 될 터인데."

이에 조고가 대답했다.

"폐하, 조바심내지 마시옵소서. 지난달 장수를 파견해 서두르라 다그쳤습니다. 아마도 길이 멀어서 아직 도착하지 못한 것 같습니다."

이때 환관이 도착한 상주문을 급히 읽었다.

"항량項梁과 그의 조카 항우가 회계군會稽郡에서 조정을 배반하고 군사를 일으켜, 창끝을 곧바로 함양으로 겨누고 가는 곳마다 승전보를 울리며 기세가 등등하다 하옵니다."

호해는 두 다리를 벌벌 떨며 말했다.

"승상 대감, 장한章邯 장군을 급히 보내 여산 능묘에서 노역하고 있는 죄수들을 전부 풀어서 군영을 편성하여 반란군을 막아내게 함이 어떻겠소?"

이에 조고가 대답했다.

"폐하, 하찮은 반역자가 대사에 지장을 줄 리가 만무하니 불안해 하실 필요 없사옵니다."

동해 부상 사가 모로도미정 토성 진영에서 왜인 토박이 부락의 남녀 두 왕 모두 패배를 인정하지 않고 성을 내고 씨근거리며 편을 갈라 다시 시합하자고 제의했다. 서복은 흔쾌히 대답했다.

"좋소!"

남왕이 소라 나팔을 불며 손가락으로 엉덩이를 두드리고 춤을 추었는데 소리가 단조로웠다. 여왕은 갈대 잎을 불며 두 다리를 이리저리 꼬았는데 귀를 찌르는 듯 날카로운 소리가 났다. 하모녀가 뿔피리를 불자 가락이 은은하고 미묘하며 감동적이라 왜인들이 매혹되었다.

대륙 절강성 동쪽 달봉산에서 이곤은 서복의 아들 서희를 안고 변정랑을 데리고 계곡을 뛰어넘고 구덩이를 건너 산간으로 도망치고 있고, 그 뒤를 관청에서 나온 군사들이 바짝 간격을 좁혀오고 있었다.

동해 부상 사가 모로도미정 토성 군영에서 토착 왜인 남녀왕은 서복에게 탄복을 금치 못했다. 서복이 일일이 그들을 부축하여 감격에 겨워하는 두 부락의 왕에게 모든 장인들의 기술 시범, 즉 천 짜는 기술, 도자기 굽는 기술, 실 뽑는 기술, 선박 축조 기술, 금 제련 기술, 철 단조 기술, 누에치는 기술 등등을 참관케 했다. 마지막으로 하모녀가 2000년에 걸쳐 축적된 모내기 기술을 훌륭하게 선보였다.

남녀 부락의 왕은 자신들의 어리석음을 깨닫고, 감격하여 눈물을 흘렸다.

"도모, 아리가토 고자이마시다^{대단히 감사합니다}!"

게다가 무릎까지 꿇고 패자에게도 생존의 권리를 달라고 간청했다.

서복이 진흙에 한자 한 줄을 썼다.

"하늘과 땅이 공존하고, 세대가 화합한다."^{天壤共存, 世代和合}

그 순간 남녀 두 왕이 갑자기 노여워하며 서복을 가리켰다.

제 35 장

눈물을 머금고 여왕이 되는 하모녀

동해 부상 사가 모로도미정 토성 진영에서 남녀왕은 분노하여 서복에게 화합의 조건을 제시했다.

여왕은 두 가지 요구 조건을 제시했다.

"첫째, 뿔피리를 불 수 있고 벼를 파종할 수 있는 하모녀에게 부락의 왕위를 양위한다. 둘째, 토착민에게 종자와 농구를 절반씩 나누어주고 장인들로 하여금 모든 기술을 전수케 한다."

남왕도 두 가지 조건을 제시했다.

"구선 진영은 영원히 부상에 남아야 하며, 동해를 건너 부상으로 오는 선박은 모두 돌려보내도록 한다. 둘째, 진나라의 문명과 문화를 전파하는데 도움이 되도록 상호간에 소년소녀를 교환한다."

소애, 학매 등 소녀들은 놀라서 어찌할 바를 모르고 서복과 하모녀도 놀라지 않을 수 없었다. 대다수의 사람들은 한동안 패배자인 왜인이 어찌하여 승리자에게 이렇게 무리한 요구를 하는지 이해하지 못했다. 서복은 왜인 겐조에게 부탁해 자신과 함께 두 부락의 투항 조건을 설득하고 조정하기로 결정했다.

대륙 절강성 동부 달봉산, 초목이 무성한 밀림 오솔길에서 이곤은 아이를 안은 변정랑을 따라 마애불 유적이 있는 동굴에 도착했다.

"서 부인, 방금 소장은 진시황이 돌아가는 길에 병에 걸려 급사했다는 소식을 들었습니다. 불로장생약을 찾는 일도 곧 종지부를 찍을 것 같습니다. 서복이 바다 위에서 이 소식을 듣는다면 반드시 돌아와 당신네 모자와 만날 겁니다. 지금 진나라 2대 황제가 황실을 기만한 서복의 죄를 물어 소장에게 당신 모자를 진시황릉에 보내 순장하라고 명령을 내렸으니, 두 사람은 동굴 안에 숨어계십시오. 제가 산을 내려가 먹을 것을 좀 구해오겠습니다."

이곤은 말을 마치고 동굴 밖으로 나갔다.

변정랑이 나지막이 말했다.

"이 장군, 산 밑에 아직 진나라 병사가 있으니 조심하십시오."

동해 부상 사가 모로도미정 토담 군영 침실에서 하모녀는 토착민 부락에 설득하러 간 서복의 일이 염려되어 내내 뒤척이며 잠을 이루지 못하고 있다가 막 잠이 들려는 찰나, 신부를 맞을 때 쓰는 죽판 소리와 소녀들의 흐느끼는 소리를 듣고 화들짝 깨어났다. 순간적으로 질겁하여 어떻게 대처해야할지 몰라 서둘러 탈출하여 서복을 찾아 나섰다. 사냥개 '아해', '아양'도 주인의 뒤를 쫓았다.

긴류우산 아래 겐조의 오두막에서 아진 처녀가 머리에 얼레빗을 꽂고, 가슴에는 청동 거울을 걸고 수줍어하며 두 손으로 차를 따라 서복에게 권했다. 서복은 조급한 마음에 어서 여왕을 설득하러 가자고 겐조를 재촉했다. 겐조는 오히려 화를 내며 서복에게, 딸에게서 발을 씻는 의식을 받아놓고 무엇 때문에 혼인하지 않느냐며 자신의 딸과 초야를 치르라고 막무가내로 다그쳤다. 그렇게 하지 않는다면 부상 사람들 전체의 감정을 상하게 하는 일이므로 설득 또한 어림없는 일이라고 했다. 서복은 하는 수 없이 현지의 풍습에 따라 화환을 쓰고, 화관을 쓴 신부 아진과 번개같이 식을 진행하고 초야를 치렀다.

심야에 하모녀가 사냥개를 데리고 겐조의 집을 찾아오자 서복과 아진 처녀가 깜짝 놀라 잠에서 깨어났다. 하모녀가 꿇어앉아 울면서 말했다.

"대사, 저더러 왜인의 아내 노릇을 하라니 정말 너무하신 처사가 아닙니까?"

서복은 눈물을 훔치며 말했다.

"서복이 자존자애하지 않은 것은 아니다. 사랑하는 자기 아내를 다른 사람 품에 보내고 싶은 사람이 천하에 어디 있겠는가? 하물며 너는 대륙에서부터 나를 따라 이곳까지 와서 천신만고를 함께 겪었다. 이미 서복의 삶속에 없어서는 안 될 한 부분이다. 그러나 구선진영이 부상에 발을 붙이려면 어쩔 수 없이 이 고장 풍속을 따라야 한다. 만일 네가 거절하면, 백 명의 동남동녀들을 왜인과 부부로 맺어줘야 하는데 어찌 그럴 수 있단 말이냐! 나는 또 어떻게 중국 문명을 빨리 부상에 전수할 수 있겠느냐? 내가 너에게 머리를 조아리고 부탁한다. 나…… 서복도 강요에 못 이겨 아진 처녀와 부부의 인연을 맺었어."

하모녀는 서복의 말을 듣고 가슴이 찢어질 정도로 고통스러워 눈물을 쏟았다. 그녀는 서복의 손을 당겨 자신의 하복부를 눌렀다.

"소첩 이미 잉태한 몸으로 어찌하란 말씀입니까?"

서복은 마음이 아파 아무 말도 못하고 깊은 시름에 잠겼다.

대륙 함양궁 금란전에서 진나라 2대 황제 호해가 용안龍案을 두드리며 소리를 질렀다.

"도처에서 반란군이 함양을 향해 다가오고 있는 이 마당에 선황 능묘에 매장할 서복 처자는 어찌하여 도착할 기미조차 보이지 않는가?"

조고가 호해의 방자함을 훈계하려는 찰나, 환관이 새로 들어온 소식을 아뢰었다.

"진나라 군사가 이미 거록巨鹿에서 대패하고 반란군의 공세가 더욱 맹렬하여 관병도 적수가 되지 못합니다. 대장군 장한章邯은 조정에서 급히 원군을 보내주시길 간청 드리옵니다."

진나라 2대 황제 호해는 놀랍고도 무서워서 갈피를 잡지 못하고 허둥댔다.

이때 조고가 대뜸 말했다.

"폐하, 뭘 그리 당황하십니까? 장한은 조정 대장군의 신분으로 오합지졸조차도 물리치지 못했지 않습니까? 저는 구원군을 보내지 않을 뿐 아니라 오히려 사지에서 살아남은 자들을 엄중히 추궁하여 죄를 뒤집어씌울 것입니다."

동해 부상 사가 모로도미정 토성에서는 머리에 화관을 쓴 하모녀를, 죽판을 두드리고 갈대 잎을 불며 늙은 여왕이 인솔해온 부락의 족장 17명의 신랑이 신부로 맞을 준비를 했다. 서복은 오열을 토하며 선포했다.

"하모 부인은 이미 잉태한 몸이니 각 부락의 족장들은 하모녀가 침상에 들 수 있을 때까지 반드시 열 달간 기다려야한다."

왜인들은 그 말을 듣고 미친 듯이 기뻐했다. 이때 남왕 부락에서 선발되어 온 토착 소년소녀들도 서복 진영에 도착해, 서복은 하는 수없이 흐느껴 우는 학매, 소애 등 동남동녀를 거느리고 그들과 맞교환하고 종자, 농기구, 공구와 서적도 혼수품으로 선물했다.

서복은 학매, 소애 앞에 꿇어앉아 말했다.

"천지신명이 증명해줄 것이다. 부상인 문명의 진보를 위해 서복이 이렇게 어리석은 짓을 할 수밖에 없었음을!"

제 36 장

선기를 감춘 왜인

동해 부상 사가 모로도미정 토성 진영에서 서복과 장인들은 멀어지는 하모녀와 흐느끼는 동남동녀들을 바라보며 깊은 실의에 빠졌다. 이때 거우도에서 요행히 살아남은 머리를 산발한 왜인이 육용, 소애 등 동남동녀와 주周 선장을 따라 해변에서 돌아왔다. 그들은 기뻐 날뛰며 높이 환호했다.

"서 대사, 찾았어요! 찾았습니다! 흩어졌던 선박들을 모두 찾았습니다."

육용이 서복에게 부기와 황천경 모두 살아있으며 그들은 후쿠오카福崗, 야메八女, 가고시마鹿兒島, 미야자키宮崎, 기이紀伊, 단고丹後, 이네정伊根町, 코도마리小泊 등 56개 지역에 흩어져 있다가 서 대사의 당부를 기억하고 도착하는 장소마다 돌로 지도를 새기며 동해를 건너는 지표로 삼아 전부 찾아올 수 있었다고 알렸다. 서복은 몹시 기뻤으나 침묵하며 어두운 안색이었다. 육용은 학매를 찾아 무슨 일이 생겼는지 알아보려 했으나, 자신의 주위에 왜인 소년소녀들은 많은데 학매 등 지난날 친하던 동무들의 모습이 보이지 않음을 깨달았다.

이때 재봉사 홍洪 사부가 학매가 남긴 빗을 육용에게 전해주며 말했다.

"학매와 왜인 소녀를 맞바꾸었네. 그녀는 떠났어. 그녀는 나더러 자네에게 이 빗을 매일 머리에 꽂고 있으면 그녀와 자네는 백발이 되도록 같이 늙어가는 것과 마찬가지라는 말을 꼭 전해달라고 부탁했네."

육용은 빗을 쥔 채 곧장 서복의 명치로 돌진했다.

서복은 몹시 고통스러워하며 육용, 소엽의 손을 끌어당겨 자신의 뺨을 호되게 때렸다.

"나를 쳐라! 왜인이 선기禪機를 감추었으나, 이를 대처하는 방법을 생각해내지 못한 내가 죄인이니 으스러지도록 때려라."

육용, 소엽은 서복을 밀쳐내고 땅바닥에 주저앉아 흐느꼈다.

긴류우산金立山 동측 남왕 부락 대나무 목재로 지은 왕궁 앞에서 장인들은 양잠, 방적, 직조, 양조 등의 기술을 학매, 소애와 그녀들의 왜인 남편들에게 전수했다.

긴류우산 남측 여왕 부락 초가 왕궁 앞에서 하모녀는 큰 배를 내민채 소년들의 왜인 아내들에게 쌀을 찧고 말을 길들이며 어망 짜는 기술을 가르쳤다.

대륙 월 지방 달봉산 죽림에서 이곤은 변정랑을 엄호하며 도주하는 한편, 관리들과 격투를 벌이다 중과부적으로 두 사람 모두 포박당했다. 이곤은 하는 수 없어 진나라 장수에게 사정했다.

"나도 당신들과 마찬가지로 진나라 봉록을 받는 자인데 구태여 이리 심하게 박대할 필요는 없지 않소. 서복 부인을 놓아주면, 소장은 당신을 따라 함양으로 가서 천자를 찾아뵙겠소."

관청에서 파견한 관리가 말했다.

"황명을 거스를 참인가? 서복의 아들은 어디에다 숨겼느냐?"

이때 공교롭게도 산중턱 불적동佛迹洞에서 울부짖는 갓난아기 소리가 들려왔다. 관리는 이곤과 변정랑을 묶은 채 소리를 좇아갔지만, 별안간 울음소리가 뚝 그치는 것이었다. 변정랑이 놀라서 불적동으로 달려갔으나 동굴 안은 텅 비어 아무것도 없었으며 아기도 보이지 않았다. 사람들은 모두 기이한 일이라 여겼다. 변정랑은 슬픔에 겨워 울부짖으며 넘어질듯 휘청거렸다.

함양성 밖 여산 진시황릉에서 진나라 2대 황제 호해가 군신들을 거느리고 불안한 마음으로 병마용을 순시하고 있을 때, 환관이 와서 급히 아뢰었다.

"폐하, 거록 전투에서 무참히 패했습니다. 장한은 조정에서 치죄할까 두려워 항우에게 투항했습니다."

대신들은 놀라서 어찌할 바 모르고, 황제의 조카 영嬰이 분노에 차서 말했다.

"조정이 장한의 증원 요청을 거절해서 이런 일이 생긴 것이오.

조 승상은 군왕을 그릇된 길로 이끌어서는 아니 되오."

조고가 대노했다.

"누가 감히 군왕을 협박한단 말이오? 진나라가 이렇게 강대하거늘 개미 새끼 몇 마리가 어찌 큰 나무를 흔들 수 있단 말이오?"

대신들은 쥐죽은 듯 조용했다.

동해 부상 가고시마鹿兒島 토성 입구에 '한韓'자가 새겨진 삼각 깃발이 바람에 펄럭였다. 서복이 백보마를 타고 육용, 소엽을 데리고 '구선 대사' 황기를 들고 오자, 부기가 흩어졌던 사람들을 거느리고 성문 밖에서 영접했다.

이때 부기가 말했다.

"큰형님, 지진과 해일을 만나 흩어진 뒤 오늘날까지 주야로 그리워했습니다. 오늘 드디어 재회했으니 형님의 호령 소리를 다시 듣고 싶습니다."

부기는 이야기를 마치고 서복을 수행하여 자신이 세운 소국인 한국韓國을 순시했다.

서복은 전원이 잘 정돈되어 있고 토성도 견고하며 상업과 무역이 번창한 것을 보고나서 부기의 손을 잡고 축하했다.

"동생, 우리가 진시황의 폭정을 피해 이곳에 와서 동생이 부상 문명에 이렇듯 큰 공헌을 한 것을 보니, 이 어리석은 형은 탄복을 금치 못하겠네. 그러나 목하 우리가 떠날까 두려워하는 왜인들이 대륙에서 오는 모든 선박을 되돌려 보내라고 요구하며 우리의 귀로를 끊어버렸네."

그러자 부기가 기뻐하며 말했다.

"대륙에 아직 우리 부모님, 남동생, 여동생이 남아있고 우리를 따라온 기술자와 선원들의 아내도 남아있습니다. 큰형님이 어느 때고 저에게 배를 주시면 대륙으로 돌아가 그들을 데리고 귀환하겠습니다."

서복의 안색이 어두워졌다.

"달봉산에 나의 정랑과 아들이 남아있네. 대륙으로 돌아가기를 원하는 기능공와 선원들을 전부 데리고 가게. 진시황이 아직도 불로장생약을 기다리고 있으니, 반드시 조심해서 일을 처리해야 하네!"

제 37 장

부상에서 얻은 새 생명

대륙 함양 금란전에서 진나라 2대 황제 호해가 긴급 조정 회의를 열려고 하자, 신임 승상 조고가 꾸물거리며 입궁하지 않았다. 대신들은 이런저런 추측으로 의론이 분분했다.

이때 조고가 미록麋鹿, 뿔은 사슴, 꼬리는 나귀, 발굽은 소, 목은 낙타를 닮은 사슴 종류을 끌고 조정에 들어와 진나라 2대 황제에게 말했다.

"폐하, 노신이 방금 진귀한 망아지를 얻어 폐하께 바치려고 특별히 끌고 왔나이다."

진나라 2대 황제가 놀라서 물었다.

"승상 대감, 각지에서 반란군이 일어나 천하가 어지러운 마당에 무슨 망말이시오? 이 동물은 사슴이 명백한데 망아지라니요?"

조고가 기분 나쁜 투로 말했다.

"어째서 말이 아니란 말입니까? 각 대신들도 한번 말해보시오!"

대신들은 어리둥절했으나, 마음속에서 조고가 잔인하게 살육한 호해의 스물 두 명의 형제자매와 좌승상 이사, 대장군 몽염의 비참하기 짝이 없는 광경이 떠오름을 떨쳐버릴 수가 없었다.

이윽고 대신들은 이구동성으로 말했다.

"폐하, 이것은 아주 훌륭한 말입니다. 조 승상이 폐하를 기만할리 만무합니다!"

조고는 안하무인격으로 황제의 조카 영을 깔보며, 얼굴에 음침하고 차가운 미소를 드러냈다.

동해 부상 사가 아리아케해에서는 바닷물이 맑은 쪽빛을 띠고 해안을 굽이쳤다. 서복은 대륙으로 돌아가는 부기를 배웅하기 위해 사람들을 데리고 해안으로 나왔다. 몇 십 척의 배가 느릿느릿 해안에서 멀어져 갔다. 부기와 함께 돌아가는 기능공, 선원들은 선실 갑판 위에서 두 손을 맞잡아 읍하고 손을 흔들며 작별 인사를 했다. 섬에 남은 진나라 사람들은 두 눈에 눈물을 글썽이며 '구선'호와 넓디넓은 해변 모래사장을 바라보면서 말로는 형용할 수 없는 우울한 감정에 빠졌다.

대륙 중원의 깊은 골짜기 시냇물이 흐르는 험한 벼랑 위에 조그맣게 난 길에서 관리는 이곤과 변정랑을 끌고 힘들게 행군했다. 반란군 무리가 기세등등하게 그들을 바짝 뒤쫓자 관리는 당황하기 시작했다. 이곤은 기회를 틈타, 철 족쇄를 이용해 관리를 잔도^{棧道}에서 밀어버리고 변정랑을 어깨에 들쳐 메고 숲속으로 도피했다.

동해 부상 사가 모로도미정 여왕 부락 왕궁 초가집에서 하모녀는 왜인들이 천신의 하사품이라 일컫는 '용'과 '봉' 쌍둥이를 낳았다. 퇴위한 늙은 여왕이 벚꽃을 두 손으로 공손히 받쳐 들고 와서 축하했다. 하모녀가 침상에 들 수 있는 때가 오자 부락의 족장들은 서로 늦을세라 앞을 다투어 벌떼처럼 몰려들었다. 하모녀는 사냥개 한 쌍을 호위병 삼아 구실을 대며 족장들을 거절하고 오로지 서복만을 기다렸다.

부상 모포해毛浦海의 흙으로 만든 보루에서 황천경이 자신의 양조 공장을 시찰하고 있을 때 부하가 뛰어와서 보고했다.

"대왕, 서 대사가 각지에 흩어진 인원들을 순시, 위문하려고 토성 앞에 당도했습니다."

황천경이 미간을 찌푸리며 말했다.

"서복은 왜인과 투쟁하지 않고 오히려 혼인 관계를 맺고 동화되었다!"

그는 부하에게 토성 문을 단단히 걸어 잠그고 들어오지 못하게 저지하라 명령하고, 직접 산채 망루에 올라 서복과 대화를 시도했다.

서복은 토성 문 앞에서 황천경을 바라보며 이야기했다.

"아우, 오랫동안 못 만나서 나를 알아보지 못한 게 틀림없지? 성문을 열고 이 못난 형에게 할 말이 있으면 하게나."

부하들도 서복의 말에 맞장구를 쳤다.

"대왕, 서 대사가 대왕에 대한 애정이 각별하니 성문을 열어 영접함이 지당하옵니다."

황천경이 눈을 부라리고 검을 휘둘러 부하를 베어버렸다.

"서복, 어진 자는 오지 않고 오는 자는 선량하지 않은 자라 하였소善者不來. 來者不善. 오늘 당신이 온 것은 나의 새 왕국을 침탈하려는 의도인 듯하오. 만약 동해를 건너며 쌓은 옛정이 없었다면, 나는 장수를 보내 당신을 죽였을 것이오."

서복은 부하를 제멋대로 죽이는 황천경을 보고 큰소리로 말했다.

"황 아우, 스스로 왕을 자처하는 일에 대해 나는 아무 이의가 없네. 오늘 아우와 동남동녀들이 모두 진시황의 폭정에서 벗어난 것을 보았으니 나는 그것으로 족하네. 동생이 묵가墨家와 인연을 맺은 뒤로 오로지 '겸애兼愛', '비공非攻을 덕으로 삼으려 하지 않았나. 기왕에 왕으로 자처했으니 부상의 풀 한 포기, 나무 한 그루도 소중하게 여기고 제2의 진시황이 되지 않기를 바라네."

황천경이 태도를 바꾸고 크게 웃었다.

"서 방사, 나는 성공적으로 동해를 건너왔고, 현재 내가 이곳의 천자다. 네가 감히 나를 가르치려들다니 용서할 수 없다. 활을 쏴라!"

부하들은 어쩔 수 없이 활을 쏘긴 했으나 모두 서복을 명중시키지 않았다. 황천경이 노하여 또 부하 하나를 베어버렸다.

서복이 대경실색하며 말했다.

"황천경, 진시황의 폭정을 못 견디고 동해를 건너와 왕 노릇을 하면서 어찌 폭력적 위세를 함부로 휘두를 수 있는가!"

황천경이 직접 활을 쏘자 서복이 재빨리 후퇴했다.

이때 사가 모로도미정 본영에 급보가 날아들었다.

"하모 부인이 용봉 쌍둥이를 안고 주둔지로 돌아왔습니다. 화가 난 왜인들이 출병하여 그들을 강탈해가려 하고 있습니다."

사가 모로도미정 본영 토성에서 하모녀가 용봉 쌍둥이를 안고 토성 망루에 서있었다. 토성 문밖에서 여왕 부락의 족장들이 몽둥이를 휘두르고 화살을 활시위에 걸며 시끌벅적하게 떠들었다. 기능공 사부들과 동남동녀들은 강한 적과 맞닥뜨리게 되자 성문과 토담을 엄중히 수비했다.

서복이 쉬지 않고 말을 몰아 토성으로 돌아와서, 여왕 부락의 족장들에게 일일이 절을 하고 토성 문을 열고 그들을 영접하라 명했다. 서복이 명령을 내린 바로 그때, 남왕 부락의 용맹하고 흉험한 왜인들까지 들이닥쳐 아무 말도 없이 서복의 양쪽 겨드랑이에 깍지를 끼고 끌고 가버렸다.

제 38 장

적대 관계에서 우호 관계로

동해 사가 구선 본영 토담 앞 성채에 있던 사람들은 눈앞에서 서둘러 달려온 서복이 왜인들에게 납치당하는 모습을 보고 모두 뒤쫓아 가서 서복을 구하고자 했다.

이때 하모녀가 가로막았다.

"급히 후쿠오카, 야메, 가고시마, 미야자키, 기이, 단고, 이네정, 코도마리 등지로 사람을 보내 서복 대사를 구해야하니 사가에 집결하라 하십시오. 장인들과 동남동녀들도 빨리 전투 준비를 갖추십시오."

대륙 함양 역로 위에 흙먼지가 일고 반란군의 깃발이 천지를 덮듯이 곳곳에 넘쳐나 기세가 하늘을 찔렀다. 진나라 병사들은 멀리 있는 적을 바라만보아도 전의를 상실하여 달아나다가 투구를 잃어버리고 패하여 도주하기에 급급했다.

동해 부상 모포 토담 성루 위에서 황천경이 술을 마시고 즐기고 있을 때 성 문지기가 보고했다.

"서복 대사가 대란을 만나 하모 부인이 신속히 대책을 세워 서복을 구하자며 구원군을 청해 왔습니다."

황천경은 남의 재앙을 보고 기뻐했고, 병사들은 계속해서 전투에 참가하자며 간청했다. 황천경은 간사하게 웃으며 말했다.

"관여하지 마라! 지금부터 누구도 서복 구선의 이름을 언급치 말라."

돌연 왕ㅌ 목공이 도끼를 들고 배후에서 황천경을 찍어 쪼개버리고 큰 소리로 외쳤다.

"서복 대사를 구하기 위해 동해를 건널 사람은 나를 따르라!"

부상 긴류우산 기슭 숲 사이에 있는 빈터에서 서복은 홰나무 가지가 이리저리 굽어진 커다란 나무아래 등나무 덩굴에 묶인 채 포박당해 있고, 그 아래는 유황 온천이 흐르는 연못이었다. 은퇴한 부락 여왕은 나무 등걸에 앉아 있고, 부락 남왕은 티ㅜ자형 한 장으로 하반신을 겨우 가린 채 손에 화기를 쥐고 고함쳤다.

"서복은 대단히 나쁜 놈이다. 선물로 바친 여왕이 아들딸을 데리고 도망쳐서 부상은 천지신명의 노여움을 샀다. 나와 여왕이 비록 오래 묵은 원한은 있으나, 두 사람 모두 신을 수호하는 마음은 한결같다."

말을 마친 남왕이 불화살을 들어 유황 연못을 향해 쏘려고 했다.

돌연 날카로운 외침소리가 들렸다. 겐조의 딸 아진 처녀가 재빠르게 양손으로 남왕의 활을 빼앗아 모여 있던 왜인들을 깜짝 놀라게 했다. 그러자 남왕이 화를 내며 오만하게 째려보다가 떠밀어 하마터면 아진이 유황 연못에 떨어질 뻔 했다.

이것을 본 여왕이 대노하여 남왕을 비난했다.

"네가 감히 나의 내외종 사촌 누이동생을 못으로 밀어 넣으려 하다니!"

이어서 그녀가 남왕의 따귀를 호되게 때렸다.

왜인들의 토속적인 규칙에 따르면, 어느 누구를 막론하고 상대방에게 따귀를 맞았을 때, 반격을 할 수 없을 뿐만 아니라 멈출 때까지 절대 몸을 움직이지 말아야 자신의 실력과 위엄을 과시할 수 있다. 여왕의 손이 정지해야 남왕이 비로소 거만을 떨 수가 있는 것이다. 때문에 여왕은 손이 아프고 몸이 피곤했지만 계속 후려칠 수밖에 없었다.

이때 남녀 왕국의 왜인 쌍방은 이구동성으로 따귀의 수를 세며 여왕의 손이 멈추면 곧 격투할 자세를 취하고 있었다.

이때 마침 후쿠오카, 야메, 가고시마, 미야자키, 기이, 단고, 이네정, 코도마리 등 사방에서 집결한 구원군들이 도착했는데, 군사 장비가 훌륭할 뿐 아니라 기세도 드높았다. 모포毛浦의 구선 대원들도 황천경을 죽이고 자발적으로 참전했다. 아진 처녀는 일찌감치 연못가에서 일어나 코를 찌르는 유황 냄새를 참으며 나무 위에 묶인 서복의 포박을 풀었다.

서복이 달려가 두 왕 사이에 몸을 가로로 끼우고 말했다.

"두 분 왕께서는 화를 가라앉히십시오. 당신들이 싸우기 좋아하는 습성을 버리지 않는다면, 저는 동남동녀들을 데리고 부상을 떠나겠습니다!"

그의 말에 여왕, 남왕은 삽시간에 경악하고 말았다.

이때 학매와 소애가 하모녀를 수행하여 쌍둥이를 안고 토성에서 나왔다. 여왕과 남왕이 그것을 보고 기뻐서 땅바닥에 꿇어앉아 찬양했다.

"여왕 폐하! 어떤 일을 시키시든 충성을 다 하겠나이다!"

하모녀는 말없이 서복을 바라보았다. 그러자 서복이 말했다.

"여왕께서 눈빛으로 우리에게 말씀하시길, 우리는 오늘부터 본토인과 이민자를 막론하고 이웃사촌으로 지내고 포괄적으로 사귀며 강한 자는 약한 자를 건드리지 말며, 부자는 가난한 자를 무시하지 말고, 화목을 위해 힘을 한데 모아 협화協和 민족으로 부르길 원하고 있습니다!"

양쪽 부락의 왜인들은 모두 일제히 땅에 엎드렸다.

"우리 화합합시다! 우리는 싸움을 싫어합니다!"

서복은 혈전을 모면한 것을 보고 감격하여 하모녀에게 다가가 아들딸의 볼에 깊숙이 입 맞추며 말했다.

"여왕 폐하, 당신이 부상에 가져다준 평화와 발전에 고개 숙여 감사드립니다. 당신은 협화 민족의 평화와 협력에 공헌한 천제의 사자이십니다. 서복은 복이 없습니다. …… 삼천 명 동남동녀의 목숨을 구하기 위해, 평화, 협력, 화목의 신천지를 창조하기 위해 서복은 당신을 욕보였습니다. 왜인 부락의 여왕이 되게 했습니다!”

서복은 말을 마치고 여왕을 향해 장읍했다.

하모녀는 간절한 눈으로 서복을 바라보며 아름다운 아진 처녀를 불러 머리를 조아려 세 번 절하고는 아들과 딸을 품에 안고 슬퍼하며 왜인 족장들에게 갔다.

동해 부상 사가 긴류우산 아래 겐조의 초가집 앞에서 아진 처녀
가 머리에 얼레빗을 꽂고 가슴에는 청동 거울을 걸고 서복을 위해
불로장생약 '후로후시'를 찾으러 아버지 겐조를 따라 후지고원^{不二高}
^{原, 지금의 후지산}에 오르겠다고 제의했다. 겐조는 후지고원은 아득히 먼
곳이니 집 뒤에 긴류우산에 올라가서 찾는다면 혹시 얻을 수 있지
않겠냐며 딸에게 충고했다. 이리하여 두 사람은 두 갈래로 나뉘어
문을 잠그고 집을 나섰다.

서복은 부상에서 불로장생약을 찾을 수 있을 거라는 환상을 버리
지 못하고 최초의 구선 인마를 새로 조직하여 먼 곳을 두루 둘러보
기로 결정했다. 그가 백보마를 타고 '구선 대사' 황기를 든 채 육용,
소엽 등 대원들을 데리고 겐조의 초가집에 왔으나, 아진과 겐조는
보이지 않았다. 그는 하는 수 없이 이웃에 사는 노파에게 보검 한
자루를 건네며 당부했다.

"죄송합니다. 폐가 되는 줄은 알지만 이것을 아진 처녀에게 전해 주십시오. 그리고 서복이 집을 떠나 각처에 있는 구선 인원들에게 연락을 취하러 가는 길에 부상에 있다는 '후로후시'를 찾아보고 '고 쥬니찌[50일]' 뒤에 돌아온다고 전해주십시오."

긴류우산 밀림 속 가시나무 한가운데에서 아진 처녀는 약 광주리를 짊어지고 땀을 비 오듯 쏟으며 위험을 감수하고 낭떠러지 돌무더기를 기어 올라가 '후로후시'를 찾고 있었다.

함양 황성 어느 거리에 있는 승상 저택 대문 안에서 미녀들이 악곡을 따라 나풀나풀 나비처럼 춤을 추고 조고가 연거푸 잔을 들고 있을 때 환관이 소식을 전했다.

"승상 대감, 유방[劉邦] 군대가 이미 무관[武關]을 돌파해 곧장 함양으로 진격하고 있습니다. 황제께서 대책을 의논해야 하니 신속히 입궁하라 하셨습니다."

조고가 술잔을 탁자 위에 집어던지며 말했다.

"걱정은 무슨 놈의 걱정? 진나라 2대 황제가 뭔데 나에게 호령하며 지시를 내리는가? 만약 나 조고가 대들보를 훔쳐내어 기둥으로 바꾸어놓지 않았다면, 자기가 무슨 수로 오늘날 금란전에 앉아 있을 수 있겠는가! 내 알 바 아니다."

조고는 무희를 물리고 막료들에게 속히 진나라 2대 황제를 독주로 독살하라는 밀령을 내리고, 심복들을 소집하여 자신이 황제 자리를 계승하는 일을 상의했다. 막료들은 청천벽력과도 같은 조고의 명령에 모두 입을 다물고 혀를 내둘렀다.

동해 부상 사가 긴류우산 아래에서 하모녀가 쌍둥이를 안고 있고, 그녀의 사냥개 '아해', '아양'이 부근에서 그녀를 호위했다. 그녀의 다리 앞에 무릎을 꿇고 있는 부락 족장들에게 그녀가 말했다.

"전쟁은 궤멸 그 자체입니다. 승자와 패자 모두가 불행한 법입니다. 당신들이 저를 협화 민족의 왕으로 떠받든 이상, 저는 이제 절대 권력을 가졌습니다. 저는 아들딸을 데리고 구선 진영에 가서 친척을 방문할 권리와 자유도 있습니다. 당신들 왜인의 습속을 폐지할 생각 없습니다. 그러나 우리 구선인의 습속도 오늘부터 실시토록 하겠습니다. 저는 오늘 부상 왕의 신분으로 선포합니다. 오늘부터 협화 왕국은 전투 부장을 두지 않을 것이며, 이웃나라와 영원히 화호和好, 화해和諧, 화목和睦의 길을 닦을 것입니다. 현재 우리 왕국에 부락 하나가 늘었는데, 바로 서복 대사의 구선 진영 부락입니다. 서복과 모든 족장들은 똑같이 동등한 권리를 가지며 제시간에 왕궁에 와서 기도를 올려야 합니다."

하모녀의 말이 끝나자 산골짜기, 삼림, 광야에 우레와 같은 환호소리가 울려 퍼졌다.

긴류우산 아래 겐조의 초가집에서 아진 처녀가 녹초가 되어서 빈약 광주리를 메고 집으로 돌아오자, 이웃에 사는 노파가 보검을 들고 왔다. 노파는 귀가 어두운데다 노안이었다.

"네 오또남편가 떠나면서 주라고 맡겼어. 고쥬넨오십년 뒤에 돌아오겠대.”

아진의 이웃집 노파는 오십일 뒤에 돌아오겠다는 서복의 말을, 오십년 뒤에 돌아오겠단 말로 잘못 들었다. 아진 처녀는 오십년이 지나면 그녀를 보러 오겠다는 서복의 말에 보검을 쥐고 그 자리에서 혼절해버렸다.

노파는 아진의 인중을 누르고 등을 두드리며 위로했다.

“외국인에게 일생을 맡기는 것은 바보짓이야. 그들은 무정하기 짝이 없어 닥치는 대로 꽃을 따고는 버리는 족속들이지. 먼 길을 떠나면서 오십년 뒤에 너를 찾겠다니, 너를 고의로 버리겠다는 심산이 틀림없어!”

아진 처녀는 눈물이 솟구쳐 아무 말도 못했다.

혼슈도本州島 후지고원에서 서복은 ‘구선 대사’ 황기를 들고 육용, 소엽 등 일행을 이끌고 산기슭으로 왔다가, 공교롭게도 ‘후로후시’를 찾다 넘어져 다리를 다친 겐조를 만났다. 이때 사가 모로도미정에 머물고 있던 홍洪 사부가 그들의 종적을 좇아 백리를 달려와서 보고했다.

“아리아케해에 일군의 선단이 출몰한 것을 본 하모 여왕께서 서 대사에게 신속히 돌아오십사 부탁하셨습니다.”

서복이 재빠르게 말했다.

“설마 진시황이 보낸 군사들에게 섬멸당한 건 아니겠지?”

동해 부상 혼슈 후지고원 산기슭에서 서복은 부상을 입은 겐조를 보살피며 잠시도 쉬지 않고 사가로 달렸다.

부상 규슈도 사가 긴류우산 아래 겐조의 초가집에서는 아진 처녀 가 가슴에 청동 거울을 걸고 손에 보검과 얼레빗을 든 채 멍한 표 정으로 사랑하는 사람이 오길 기다렸다. 이웃집 노파는 울타리 너 머로 외국인이 자살하라고 보검을 준 것이라며 서복은 양심이 털끝 만치도 없는 나쁜 놈이라고 탄식했다. 아진 처녀는 실의에 빠져 초 가집을 나와 산골짜기를 향해 걸어갔다.

서복이 군사들을 거느리고 여왕 부락의 왕궁에 도착하자, 하모녀 는 기쁨을 감출 수 없었다. 서복은 모든 무사들을 신속히 소집하여 아리아케해 만에 선박의 상륙을 저지해야한다고 건의했다. 하모녀 는 명령에 복종하여 자신의 백성들을 긴급히 동원했다.

긴류우산 산골짜기 샘물은 빠르게 흐르고 연못물이 맑았다. 아진 처녀는 청동 거울, 얼레빗, 보검을 연못에 던지고 멍청하게 수면을 바라보았다. 연못 속에 서복의 흐릿한 용모가 떠다녔다.

대륙 함양성 황성 왕족 자영子嬰의 저택에 환관이 달려와서 급히 알렸다.

"호해 폐하께서 독이 든 술을 마시고 승하하셨습니다. 승상 대감이 자영 대감께 조정에 나와 황위를 계승하시랍니다."

그러자 자영이 냉담하게 말했다.

"자영이 병들어 조정에 나갈 수 없다고 승상 대감께 여쭈어라."

환관을 보내고 자영은 즉시 방으로 통하는 복도 양쪽에 망나니들을 배치했다.

조고가 자영을 죽이려는 계획은 실패하고, 왕부의 초대를 받고 갔던 조고가 오히려 달아나다가 무사들에게 무참한 죽임을 당했다. 이때 한 무관이 자영에게 보고했다.

"함양성 안팎에 화광이 충천하고 유방 군대가 이미 능관凌關을 공격하여 함락시키고 선두 부대가 파상灞上에 다다랐다 합니다."

자영은 진나라의 운이 다했다고 애탄하며 진나라 신하를 거느리고 옥새玉璽, 병부兵符, 절장節杖을 두 손에 받들고 길가로 나가 친히 유방을 영접했다. 진나라 왕조는 이것으로 멸망했다.

대륙 절동의 달봉산 망해정에서 변정랑은 아이를 안고 망망대해를 바라보며 자신을 위로하며 말했다.

"아이야, 네 아빠는 반드시 돌아올 거야."

동해 부상 아리아케해 만에서 서복과 하모녀는 구선 군사와 왜인들을 거느리고 해변으로 달려왔지만 구름 같은 돛대와 소라나팔 소리 뿐 다른 것은 보이지 않았다. 육용, 학매가 기뻐서 환호했다.

"부기 숙부ㅡ, 부기 숙부가 돌아왔어요, 아마 어린 공자를 모시고 왔을 거예요!"

서복이 달려온 부기를 끌어안았다.

"아우, 대륙은 어떠한가? 고향땅은 어떠한가? 나의 변정랑과 서희는 만나보았는가, 못 만났는가?"

이에 부기가 대답했다.

"형님, 이제 불로장생약을 찾을 필요가 없게 되었습니다. 진시황은 이미 죽었습니다! 진나라는 멸망했어요! 지금 유방과 항우가 패권을 다투고 있는 중입니다. 여러분들이 집으로 돌아가 가족들과 한자리에 모일 수 있도록 제가 마중하러 왔습니다!"

구선 대원들은 그의 말을 듣고 기뻐서 서로 포옹하며 머리에 쓰고 있던 갓을 던지면서 서로에게 축하 인사를 했다.

"돌아간다! 돌아가! 정말 우리가 집으로 돌아가는구나! 우리는 이제 부모님을 뵐 수 있다!"

하모녀는 너무나 기뻐서 아들과 딸의 볼에 입 맞추고 기쁨의 눈물을 사방에 뿌렸다.

남왕과 여왕은 돌연 서복의 면전에 머리를 조아리고 꿇어앉아 간청했다.

"대사, 당신은 돌아가실 수 없습니다! 우리 부상인은 당신을 왕으로 추대합니다! 당신은 계속 부상에 남아서 무지몽매한 저희를 깨우쳐주셔야 합니다!"

이때 겐조가 다리를 절름거리며 손에 보검을 들고 울면서 당도했다.

"서 대사, 내 딸 아진이 죽었소, 그 애는 …… 그 애는 …… 서 대사가 오십 년 뒤에나 자신을 만나러 올 것이라 여기고 당신을 그리워하다가 물속으로 뛰어들어 죽었습니다."

서복이 보검을 받아들고 눈물을 쏟으며 파도가 세차게 굽이치는 대해를 오래도록 응시했다. 왜인 무리들은 갑자기 모래사장에 꿇어엎드리며 이구동성으로 말했다.

"남으십시오! 서복 상王!"

서복은 아직 개화하지 못한 부상의 산천을 주시하며 천천히 말했다.

"좋다. 이왕에 너희가 나를 왕으로 추대했으니, 나 역시 돌아가진 않겠다. 비록 진시황이 나를 핍박하여 삼천의 동남동녀를 데리고 동해 건너 부상으로 왔지만, 진시황의 도움이 없었다면 나 서복이 어떻게 동해 건너 여기에 올 수 있었겠는가? 화하華夏를 통일한 천고의 단 하나의 황제 진시황을 기념하기 위해, 오늘부터 물을 건너온 우리도 진나라 사람이라 부르자! 진나라 조정의 제도를 여기 부상에 영원히 심겠노라."

왜인들은 서복의 말을 듣고 우레와 같은 환성을 질렀다

"서복 상 만세!"

부기가 놀라 물었다.

"형님, 형수님과 소공자께서는 형님이 오시기만 학수고대하실 텐데, 돌아가셔서 만나셔야 하지 않습니까? 왜 아니 가시겠다는 겁니까?"

서복은 기대에 부푼 왜인들의 두 눈을 바라보고, 학매, 소애 등 소녀들의 부풀어 오른 배도 하나하나 바라보았다. 이미 품속에 갓난아이를 안고 있는 소녀도 있었다.

서복은 심사숙고한 뒤 말했다.

"신하와 백성 여러분! 나 서복은 본래 중국인이나, 민족을 떠나 여기에 발을 디디고 뿌리를 내려 왜인의 후예가 되었습니다. 협력과 화목의 국가를 세우기 위하여 다 같이 기도합시다!"

모래사장에서 서복의 협화국協和國 국왕 등극 의식이 엄숙하게 거행되었는데, 제사를 지내는 장면은 그야말로 장관이었다. 장張 석공도 마애불상에 올라 진나라의 진전奏篆, 진나라 한자 서체 한 줄을 씩씩하고 힘차게 새겼다.

'서복이 삼천의 소년소녀와 오곡과 백 가지 기술을 가지고 동해를 건너와 여기에 상륙하다. 평원과 넓은 호수를 얻어 머물러 이곳의 왕 노릇을 하고 돌아가지 않는다徐福携三千童男童女及五谷百工東渡, 于此登陸. 得平原廣澤, 止, 王, 不來.,

절강성 달봉산 망해정^{望海停}에서 변정랑은 아이를 품에 안고 하염
없이 망망대해를 바라보고 있었다.

나의 집은 달봉산^{蓬蓬山}에서 40리 떨어진 거리에 있다. 2천 년 전에 서복이 선남선녀 삼천명과 백공을 인솔하여 오곡을 가지고 이곳에서 동도에 성공하여 진시황을 위해 불로장생약을 구한다는 이야기는 소년 시대에 부모로부터 흥미진진하게 들었다. 그러나 나는 여태까지 이 이야기를 허무맹랑한 신화 아니면 농사군의 이해가 부족한 한담거리로 여겼다.

1996년에 비지군^{費志軍}, 주내복^{周乃復}, 모리상^{茅理翔}, 주관장^{朱冠璋}, 진건국^{陳建國}, 왕청의^{王淸毅} 선생은 나에게 이 국제적인 제재를 다뤄보라고 했다. 이에 국내외 수많은 학자들의 문헌을 뒤졌고 아울러 서복이 구선하러 출항한 터를 현지 조사하는 과정에서 나는 놀라고 흥분하게 되었다. "옛 전설은 역사의 그림자다^{古之傳說, 史之影矣!}" '서복 구선'은 결코 터무니없는 말이 아니라고 단언할 수 있다.

이미 작고하신 서복 연구가 나기상^{羅其湘} 교수가 지적하길, 모두가 주지하다시피 ≪사기^{史記}≫는 중국의 관방에서 편찬한 '정사' 24사^史

의 우두머리인데, 중국 최초의 기전체^{紀傳體} 통사이며 높은 사료적 가치와 학술적 권위를 가지고 있다고 했다. 사마천^{司馬遷}은 ≪사기≫를 편찬하면서 신중하게 글을 썼지만, 서복이 바다로 나간 일에는 지면을 아끼지 않고 여섯 번이나 중복하여 언급했다. 하물며 서복의 마지막 출항 시기와 사마천의 출생 시기는 불과 65년 떨어져 있기에 ≪사기≫의 기록은 결코 허구적일 수가 없다.

중국에서 대대로 서복에 관한 일을 역사나 문학으로 끊임없이 기록한 것은 당연한 일이다. 전설은 역사의 그림자이다. 이러한 그림자는 내가 장편소설 ≪서복동도^{徐福東渡}≫를 창작하는데 소중한 도움을 주었다. 진^秦 이전에 언급한 일본열도 문헌, 예를 들면 ≪산해경^{山海經}≫에서는 "태양이 나오는 가까운 곳에 부상이 있다^{近日出處, 扶桑}", "개국은 거연의 남쪽, 왜의 북쪽에 있다. 왜는 연에 속한다^{蓋國在鉅燕南, 倭北, 倭屬燕}"고 했고, ≪논어^{論語}≫에서는 공자^{孔子}의 "도가 행해지지 않으니 뗏목을 타고 바다로 나가고 싶다^{道不行, 乘桴浮於海}", "나는 구이에서 살고 싶다^{余欲居九夷}" 등에 관한 말이 있지만, 그 수량은 극소하다. 서복의 동도 이후 ≪한서^{漢書}≫, ≪후한서^{後漢書}≫, ≪삼국지^{三國志}≫와 ≪여지기^{輿地記}≫ 등에서는 해외의 상황과 해외 이민, 교민의 귀국, 사절의 왕래 등을 중요한 내용으로 기록하기 시작했다. 아울러 해외의 상황을 서복의 동도 사건과 연결시키기 시작했다. 오대^{五代}의 승려 의초^{義楚}가 편찬한 ≪의초육첩^{義楚六帖}≫에서 서복의 도착지는 일본이라고 분명하게 언급했다. 나기상은 ≪서복고론^{徐福考論}≫에서 앞사람의 많은 연구 성과를 인용하면서, 양계초^{梁啓超}가 ≪음빙실전집^{飮冰室全集}≫¹⁹⁰⁴ 상^上에서 서복이 일본으로 간 항해 사건을 긍정했다고 말했다. 중국 사학계의 권위자 범문란^{范文瀾, 1893~1969}, 전백찬^{翦伯贊, 1898~1968}, 마비백^{馬非百, 1896~1984} 등은 그들의 진한사^{秦漢史} 관련 저작에서 충분히 긍정했다. 나기상은 서복을 고증하면서 서복의 다른 이름은 서불^{徐市, fú, 福과 동음}이며 지금의 강소성^{江蘇省} 연운항^{連雲港} 공유현^{贛楡縣} 서부촌^{徐阜村} 사람이고 중국에서 문자로 기록된 최초의 항해가이자 관방에서 파견되어 해외를 개척한 정치가라고 했다. 그는 전국^{戰國} 시기의 제^齊 나라에서 태어나 전국 시대, 진, 한 등 삼대를 살았다. 그의 청년 시기는 바로 전국 칠웅이 할거하여 분쟁하다가 점차 진나라가 중국을 통일하던 사회 변동의 시대였다. 그의 문장에서는 서복이 낭야^{琅琊}와 회계^{會稽} 두 곳에서 신선을 구하고 약을 캔다는 명분으로 명을 받아 바다로 나가 해외를 개척한다는 위대한 포부를 중점적으로 강조했다. 서복 연구가 주내복은 <배경 자료로 본 서복 동도의 출항지 달봉산^{從背景資料看徐福東渡啓航地達蓬山}>이란 글에서 ≪사기≫에서 기록한 바와 같이, 진시황의 몇 번에 걸친 남순^{南巡} 상황으로 봐서 장강^{長江}과 전당강^{錢塘江}은 모두 가로막힌 천험^{天險}으로 교통이 매우 불편했다고 말했다. 진시황이 마지막으로 남순할 때^{기원 전 210년} 만난 절강^{浙江, 지금의 전당강}은 지나기 힘들었는데, 다음과 같은 상황을 쉽게 찾아볼 수 있었다.

"11월에 단양을 거쳐 전당에 이르러 절강에 다다르니 강물의 파도가 심하여 서쪽으로 120리를 돌아 좁은 곳으로 건넜다十一月過丹陽, 至錢塘, 臨浙江, 水波惡, 及西百二十里從狹中渡."

전당강을 건널 때 결국 120리를 거슬러 올라가 강폭이 비교적 좁은 곳을 찾았으니, 내왕하기가 얼마나 불편했는지를 알 수 있다. 진나라 중앙정부의 이 지역에 대한 통제도 물론 그다지 엄격하지 않았다. 이는 서복으로 하여금 한편으로 대규모의 도망 준비를 할 수 있게 하는가 하면, 한편으로 진시황을 '속여詐曰' 이를 믿게 했을 것이다.

"봉래의 선약은 구할 수 있으나 항상 커다란 상어로 인해서 어려움을 당하는 까닭에 그곳에 도달할 수 없으니, 원하옵건대 활을 잘 쏘는 사람을 청하여 함께 보내주시면 상어를 보는 즉시 연노로써 그것을 쏠 수 있을 겁니다蓬萊藥可得, 然常爲大鮫魚所苦, 故不得至, 願請善射與俱, 見則以連弩射之."[1]

장균립章均立은 이를 보충하여 ≪육사룡집陸士龍集·차무안에게 답하는 글答車茂安書≫을 인용하여 진시황이 "동쪽 바다를 보고 싶어 마침내 육군을 거느리고 남쪽으로 순수하여 회계에 올라 비석을 새기고 무현진나라 때의 이름은 구장현句章縣에서 삼십 여 일을 머물렀다東觀滄海, 逐御六軍, 南巡

---

1 ≪사기≫ 진시황본기

狩, 登會稽, 刻文石, 身在鄞縣三十餘日"고 하여, 서복이 마지막으로 동도에 성공한 출항지를 지금의 자계시 달봉산으로 확정했다.

2005년 9월에 자계에서 발견된 서복 종보인 ≪서씨종보徐氏宗譜≫에는 역대 종보의 서문을 수록했다. 그 가운데 가장 이른 동진보東晉譜 서문 첫머리에서 다음과 같이 말했다. 월계粵稽 서 씨는 동해에서 나왔고 전욱顓頊의 후예로 성은 영嬴이며 백익伯益이 나중에 서徐에 봉해졌으므로 자손들이 성씨로 삼게 되었다. 처음에 서불서복은 진나라 방사였는데 진시황이 그 사람에게 명하여 바다로 나가 신선약을 구하게 했으나 돌아오지 않았다고 한다.

중국서복회中國徐福會 상무이사, 부비서장 주관장의 소개에 의하면 이 기록은 초보적으로 다음과 같은 사실을 확인시켜준다. 첫째 ≪서씨종보≫에서는 서 씨의 선조가 서복이며 서복이 진시황의 황명을 받아 신선약을 구하러 바다로 나갔으나 돌아오지 않은 일을 기록했다. 둘째 서복의 10대손 서불徐市, 자는 孺子의 사적事迹을 기록했다. 이는 강서江西에서 발견된 ≪서씨종보≫와 관련된 기록과 완전히 부합하므로 그들은 동족이며 똑같이 서복의 후손임을 증명했다. 셋째 "서 씨는 동해에서 나왔다."고 기록했다. 이는 강서 ≪용계龍溪·서씨종보徐氏宗譜≫의 <중수익강순구교보서重修益綱順口交譜序>의 기록과 서로 일치한다. "서 씨는 동해에서 나왔다."라는 구절에서 '동해'는 지금의 강소성 공유현을 가리킨다는 사실을 설명한다. 자계의 ≪서씨종보≫의 발견은 보첩학譜牒學의 각도에서 서복 연구에 새로운 길을 터주었다.

서복 연구 전문가 도화평陶和平은 <대산의 옛 이름 '봉래'와 서복 구선과의 관계岱山古名'蓬萊'與徐福求仙關係>라는 글에서 다음과 같이 말했다. ≪사기≫의 기록에 의하면 진시황이 중국을 통일한 뒤, 예를 들어 몽염蒙恬의 흉노 정벌, 장성 수축, 다섯 차례의 순행巡行, 아방궁阿房宮 건축, 분서갱유焚書坑儒 등과 같은 많은 중대한 역사 사건은 방사가 진시황을 위해 선약을 구하는 것과 연관이 있다고 한다. 구선 활동은 진시황이 중국을 통일한 뒤에 시종일관하고 방사가 서복이 역시 구선으로 인하여 그 이름이 역사책에 남아있게 된 것이다. 전 자계시위慈溪市委 선전부장이자 서복연구회 회장인 비지군은 <서복문화에 대한 연구와 교류를 강화하자加强對徐福文化的研究和交流>라는 글에서 일본 측에서는 과거에 서복이 북선北線에서 동도했다고 여겼는데, 교류를 통하여 남로인 자계에서 출발하여 일본으로 건너왔다는 관점이 일본서복회日本徐福會의 회원들에게 받아들여지기 시작했다고 한다. 일본의 수많은 전문가, 학자들은 2천 년 전 영파寧波 일대의 항해 조선술, 아시아 태평양의 흑조黑潮, 사가佐賀에서 발굴된 2천 년 전의 요시노가리吉野ヶ里 유적, 사가 일대의 언어, 생활 습속, 해조海潮의 낙차落差 등 방면에서 서복이 절강 영파에서 출항하여 일본 규슈도九州島 사가로 상륙했을 가능성을 증명했다. 사가현 서복회佐賀縣徐福會의 사무국장 무라오카 아사村岡央麻 여사는 깊이 있는 연구를 통해 현재 갈수록 많은 일본 서복회 회원들이 주의를 남로 출항선으로 바꾸어 돌렸다고 말했다.

기원전 3세기 말에 발생한 서복 동도라는 역사 사건은 한, 중, 일 세 나라 역대 문헌에 많이 기록되어 있다. 그러나 광범한 주의와 중시를 받지 못하다가 1980년대 초에 이르러 강소 공유 서복 고리故里 서복촌(徐福村)의 발견과 일본 요시노가리 야요이(彌生) 초기문화 유적의 발굴로 서복연구 붐을 일으키면서 사람들은 수천 년 동안 잠들었던 역사 통계 수치를 통해 2천 년 전 공전절후의 역사적 장거(壯擧)와 그것의 진귀한 가치를 다시금 인식하고 평가하게 되었다.

1995년 5월 19일부터 30일까지 일본 사가현 서복회와 신구시(新宮市), 후지요시다시(福士吉田市) 서복회의 초청을 받아 나는 자계시 인민정부 서복문화교류방문단을 따라 일본 사가현, 신구시, 후지요시다시, 도쿄(東京) 등지를 방문하고 교류했다. 아울러 방문단은 사가현 서복문화학술연토회에 참가했고 앞뒤로 사가현 서복회, 신구시 서복회, 후지요시다시 서복회와 연구 성과를 교류하였다. 우리는 일본 회원에게 서복 동도 출항지의 고증 자료를 소개했고, 서복이 달봉산에서 출항했을 가능성을 상세하게 고증하고 분석했으며, 아울러 선장본 ≪서복동도(徐福東渡)≫를 선물로 그곳의 서복회에 주고 시 한 수를 써 주었다.

東瀛謁蓬萊, 동해 바다에서 봉래산을 찾으니
扶桑秋還姸. 부상의 가을은 아직도 곱도다.
稻菽饋人壽, 벼와 콩이 사람의 생명을 연장시켜주었으나

徐福終不歸. 서복은 끝내 돌아오지 않았네.

일본의 수많은 전문가, 학자들은 2천 년 전 영파 일대의 항해 조선술, 일본의 흑조, 사가에서 발굴된 2천 년 전의 요시노가리 유적, 사가 일대의 언어, 생활 습속, 해조의 낙차 등 방면에서 서복이 절강 영파에서 출항하여 일본 규슈 사가로 상륙했을 가능성을 논증하였다. 사가현 서복회의 사무국장 무라오카 아사 여사는 일본의 전 수상 하타 쓰토무羽田 孜, 1935~ 가 자신이 서복의 후손임을 기쁘게 말했다고 한다.

일본 각지의 서복 유적지는 모두 30여 곳인데 이는 서복 연구의 제일차 자료이다. 사가현 모로도미정諸富町 마을에는 지금까지도 '서복상륙지徐福上陸地'라는 목제 팻말이 있으며, 마을에는 서복 사당이 있다. 서복 소상塑像 앞에는 온 마을 사람들이 매일같이 자원하여 한 집씩 순번을 정하여 음식과 술을 올리고 있다. 긴류우산金立山 자락에 위치한 서복장수관徐福長壽館은 일본 정부에서 3억 엔을 투자하여 세운 것인데, 중앙 대청에는 서복의 백옥전신좌상이 놓여 있고 일본 각지의 서복 유적 사진이 진열되어 있다. 긴류우산 정상에는 서복에게 제사지내는 금산신조金山神竈가 있는데, 서기 2세기부터 여기에서는 매년 50년마다 한번 대제전大祭典을 지낸다. 아리아케해有明海의 츠쿠고가와築後川, 아리아케해 부배지浮杯地와 천포탄千布灘의 전설은 전하는 말에 의하면 당시 서복이 상륙할 때 먼저 해면에 잔을 띄어놓고 조수에 따라 잔이 흘러가는 대로 함대가 잔을 따라가다가 여기에서 상륙했고, 상륙한 뒤에 바다의 뻘이 쌓여 앞으로 더 이상 나아갈 수 없게 되자, 서복은 부하에게 명하여 가져온 포목을 뻘 위에 깔고, 사람들이 포목을 밟고 뻘을 건넜다고 한다.

그밖에도 이곳에는 전설로 전하는 아진고낭묘阿辰姑娘廟가 있다. 전하는 말에 의하면 당시 서복이 동도한 뒤 사가에서 정착하며 현지 사람들과 화목하게 지내면서 그들에게 베를 짜고 농사짓는 기술 등을 가르치고 새로운 가정을 꾸렸다고 한다. 토착민의 수령은 서복이 마음에 들어 자신의 딸 진辰을 그에게 짝 지워주고 진고낭辰姑娘은 서복에 대한 애정이 두터워졌다. 그녀를 기념하기 위해 이곳 마을 사람들은 작은 사당을 세웠다. 사가현 고자키정神崎町과 미타가와정三田川町 사이에 위치한 면적 30헥타아르에 달하는 요시노가리 유적지는 몇 년간 대규모의 발굴을 거쳐 지금은 기본적으로 복원했고, 아울러 유적 진열실을 만들었다. 유적지에서 발굴된 성책城柵, 대환호大環壕, 옹관장甕棺葬, 수혈거주竪穴居住, 난간식 건축, 벼, 패륜貝輪, 동검銅劍, 돌도끼, 목간, 쇠낫, 방추紡錘 등 출토 유물은 중국 강남 등지의 출토 유물과 매우 흡사하다. 요시노가리 유적지의 발견은 일본의 서복 연구로 하여금 원래 전설에 대한 고증에서 역사 인물, 역사 사물에 대한 연구로 향상시켜 놓았다.

참관단은 또 혼슈 신구시의 서복공원을 유람하였다. 공원 안에는 서복묘가 있으며, 공원 안에 수많은 중국의 한방 약초와 민간 약초를 심어 놓았다. 신구 시민의 말에 의하면 서복은 이곳에서 상륙하고 죽은 뒤에 이곳에 묻혔다고 한다. 묘는 매우 평범하여 긴 자연석 위에 '서복지묘徐福之墓'라는 네 글자만 새겨져 있을 뿐이다. 신구시에서 방문단은 서복 족보를 수장하고 있는 서복회 회원의 집에 가 그 족보를 보았는데, 그 선조가 팔백년 전에 손으로 필사하여 옮겨 적은 것이었다. 방문단은 태평양 북안의 신구시 구마노강熊野川를 참관했는데, 서복회 회원의 소개에 의하면 당시 서복 동도의 대원 가운데 일부는 이미 이곳에 상륙하여 활동했다고 한다. 또 서복 농경구우신묘徐福農耕求雨神廟가 남아있는데, 이 사당은 도리어 어설프게 지어졌지만 아직도 사람들이 이곳에서 참배한다고 한다.

후지요시다시에서 방문단은 후지산을 참관했다. 일본 민간전설에 의하면 후지산은 서복이 불로장생약을 구했던 선산 봉래이며, 서복의 구선 활동의 종점이라고 한다. 사마천은 ≪사기≫에서 "평원, 광택을 얻어 그곳에 이르러 왕 노릇을 하며 돌아오지 않았다得平原廣澤, 止, 王, 不來"고 말했다.

기원 전 3세기 말에 발생한 서복 동도 사건은 한, 중, 일 삼국의 역대 문헌 속에 많은 기록이 있지만 널리 주의를 끌지 못하고 중시를 받지 못하다가 1980년대 초에 이르러서야 강소 공유 서복 고리故里 서복촌의 발견과 일본 요시노가리 야요이 초기문화 유적지의 발굴로 서복 연구의 붐을 일으켰다. 이에 사람들은 수천 년 동안 잠자던 역사자료를 통해 2천여 년 전의 공전절후의 역사 장거壯擧의 진귀한 가치를 다시금 인식하고 평가했다.

사실 소설은 사실의 기록이 아니므로 시간이나 출처를 일일이 찾을 필요가 없다. 그러나 나는 ≪서복동도≫를 역사적 의미가 있으며 현실 계발 작용이 있는 장편소설로 창작하려면 역사적 그림자가 있을수록 품미品味, 품격과 품위가 있으며 멋대로 날조해서는 절대 안 된다고 생각한다. 창작하는 과정에 나는 중국, 외국 학자들의 많은 책과 논문을 읽었다. 사실史實에서 나왔지만 그 가치는 사실보다 더 높을 수도 있다. 이는 본인이 창작한 ≪양축정전梁祝正傳≫과 마찬가지다. 이는 내가 따른 창작 이념이자 추구이다. 나는 세 가지 창작 원칙을 따랐다.

첫째, 사실의 존중과 합리적 상상.

둘째, 예술지상과 창신 추구.

셋째, 장편을 농축시켜 독자에게 가상의 여지를 남긴다.

이러한 바람이 제대로 실현되었는지 모르겠다.

척천법戚天法

2005년 가을, 자계 달봉산 서복 동도 출항지에서 탈고

　영파의 저명한 작가 척천법^{戚天法, 1940~} 선생은 최근에 새로운 체재의 장편소설 ≪서복동도≫를 출간했다. 이는 나 같은 서복 연구 애호가로 말하자면, 실제로 오랫동안 기다려왔던 기쁜 일이다. 작품이 간행되는 기회를 틈타서 여기에 내가 기뻐하는 연유를 말하여 작자에게 감사와 축하를 표시하고자 한다.

　서복이 동남동녀 삼천 명을 데리고 바다로 나간 뒤 서복 동도는 민간문학 창작의 중요한 제재가 되었다. 그리고 수량도 많고 서로 연관되어 스스로 체계를 이룬 서복 민간고사는 널리 각 지역에 전파되기 시작하여 서복 제재 문학작품의 창작 원천이 되었다. 당대 이후로 문인의 관심을 끌기 시작했는데, 이백^{李白, 701~762}, 백거이^{白居易, 772~846}, 이상은^{李商隱, 812~858}, 위장^{韋莊, 836~910}, 왕준^{汪遵}, 구양수^{歐陽修, 1007~1072}, 소동파^{蘇東坡, 1036~1101}, 해진^{解縉, 1369~1415}, 황준헌^{黃遵憲, 1848~1905}, 장태염^{章太炎, 1868~1936} 등의 작품 속에 각기 특색을 갖춘 서복 형상이 출현했다.

송대 ≪태평광기太平廣記≫에 수록된 두 단편소설은 서복이나 동남
동녀를 주인공으로 삼았다. 그 가운데 <도윤이군陶尹二君>은 줄거리
가 상당히 복잡한데 전종서錢鍾書, 1910~1998는 ≪관추편管錐編≫에서
"진나라를 도피한 고사는 적지 않지만, 이 작품만큼 복잡하고 곡절
있는 것은 없다避秦之故事不少, 未有三折四累, 文心如此篇之曲者"고 말했다. 현대에 이
르러 노신魯迅, 1881~1936, 곽말약郭沫若, 1892~1978, 등탁鄧拓, 1912~1966 등
작가의 작품에도 서복의 그림자가 출현했는데, 곽말약의 화극 <고
점리高漸離>, 홍콩의 드라마 연속극 <진시황秦始皇>과 중외 합작 영화
<고금대전진용정古今大戰秦俑情>도 서복의 형상을 반영했다.

그러나 진시황이 서복을 파견하여 바다로 나가게 한 역사기록이
상세하지 않은데다 더욱이 서복은 해외이민의 목적을 실현시키기
위해 그의 활동이 줄곧 '구선'이란 외피를 둘렀기 때문에 민간창작
에 극히 너른 상상의 공간이 있고, 민간전설의 고사에 신비한 색채
가 충만하다. 시간이 흐르면서 서복의 진실한 역사는 개조된 대량
의 전설에 의해 덮여져 사람들은 서복과 서복의 일에 대해 "잠시
되는 대로 말하고 멋대로 믿는姑妄言之, 姑妄聽之" 감정을 낳게 되었다. 서
복 연구자가 보기에 서복 민간전설은 한편으로 서복의 동도 사건을
모두 알게 하고 대대로 전해져 마멸할 수 없는 공헌을 갖게 했으
며, 다른 한편으로는 서복 문제의 역사 연구를 점차 주변화 시켜
장기간 역사가의 시야에 들지 못하게 했다. 그러나 민간전설을 주
요 원천으로 삼는 문인 창작에서 서복 형상은 작가의 감수성과 수

요에 따라 만들어지므로 서복은 "다른 사람의 술잔을 빌려 자신의 수심을 푸는借他人酒杯, 澆自己塊壘" 소재에 불과할 뿐이며, 그 사상 내용은 항상 작자의 시대와 처지에 따라 각자 경중이 있게 된다. 예를 들어 당대의 시에서는 대부분 서복이 떠나서 돌아오지 않은 것을 예증으로 삼아 최고 통치자의 구선 활동을 풍유諷諭했다. 백거이의 악부시 <바다는 출렁이고海漫漫>에서는 '구선을 훈계함戒求仙'이란 제목의 주注가 있으며 서복 등이 선상에서 늙어 죽는 이야기로 지어내어 과장시켰다. 송대 이후에는 동쪽 이웃 일본의 상황이 갈수록 사람들에게 알려졌는데, 일본에서 7, 8세기에 널리 유전된 서복 고사, 그리고 이 고사와 서로 배합되는 서복묘 등의 기념물이 모두 작자의 시야에 들어왔다. 문학작품 속에서 서복 동도의 도달지가 일본이라고 인정하기 시작하면서 구체적으로 묘사했으며 서복 동도가 일본 사회에 끼친 깊은 영향을 객관적으로 반영했다. 이러한 작품에서 제기한 견해는 물론 역사 연구의 직접적 근거 자료가 될 수는 없다. 그러나 서복 동도 의의에 대한 인식은 도리어 중요한 발전이 있게 되었다.

근년에 들어 서복 연구에 두 방면의 돌파구가 있었다. 하나는 사료에 근거하여 "서복이 바다로 나간 뜻은 처음에 구선에 있지 않았다. 사실은 진시황이 선약을 구하고 싶은 사실을 이용해 그의 힘을 빌려 해외에 백성을 이주하는 것이었다徐福入海, 其意初不在求仙, 實欲利用始皇求仙之私心, 而借其力, 而自殖民于海外"라는 새로운 관점을 제기했다. 둘째는 일본 요시노가리 유적지와 공유 서복촌의 발견인데, 이로써 서복과 그 사건에 절실한 고증을 시작했다. 이에 서복 사료는 새롭게 해석되었고 서복 관련 지물地物 전설과 민간고사는 널리 수집, 정리되어 방증 의의가 있는 고고 자료가 하나하나 제기되어 사람들은 서복과 그 일에 대해 새롭고 비교적 완정한 인식을 갖게 되었다.

일본의 연구자들은 새로운 진전에 대해 안전에 "마치 곳곳에서 서복의 단면도가 떠도는 듯하고", "3200년 세월을 건너뛴 고대 중국이 거기에서 호흡하고 서복의 진상이 마치 투영되는 듯한" 느낌을 받게 하였다. 그러나 우리는 서복 연구의 새로운 발전은 도리어 현대 문예작품에 반영되지 못하여 송대 이래 중시된 서복이 중화문화를 전파한 공헌이 다시 제기되지 못했을 뿐 아니라, ≪진시황≫이든 ≪고금대전진용정古今大戰秦俑情≫이든 서복의 형상은 거의 ≪고점리≫의 옛길을 따라 '정치적 사기꾼政治騙子'이라는 낙인이 찍혔다. 이는 서복 연구 애호가의 입장에서 말하자면 매우 유감스런 일이라 하겠다.

중국의 사학계와 문학계는 관용적이고도 자신감을 가졌기에 역사 인물 및 그 문학 형상이 매우 동떨어진 상황이 상당이 보편적이다. 예를 들어 역사 인물로서의 조조曹操, 155~220는 ≪삼국연의三國演義≫에서 조조의 문학 형상과는 사뭇 다르다. 그러나 유구한 중국문화사에서 이 양자는 병행할 수 있다. 한 방면에서 ≪삼국연의≫의 조조에 대한 불공정한 묘사는 그의 문학사에서 숭고한 지위에 영향을 주지 않는다. 다른 한편으로는 사학계에서도 ≪삼국연의≫의 광범한 전파로 인해 조조의 역사지위와 공과에 대한 평가에 동요하지 않는다. 이러한 상황이 발생한 것은 역사 자료가 상대적으로 풍부한 것과 밀접한 관련이 있는데, ≪삼국연의≫가 나오기 전에 상당히 권위 있는 ≪삼국지三國志≫가 이미 출판되었으며 ≪삼국연의≫의 인물 묘사는 결코 ≪삼국지≫의 자료 기초를 동요시킬 수 없다. 그러나 서복의 경우에는 상황이 완전 다르다. 서복 관련 일차 역사 자료가 매우 부족하기 때문에 문학 작품의 서복 형상은 완전히 실제 역사 인물을 대체할 수 있다. 이렇게 하면 중화민족 역사상의 중대한 역사를 영원히 왜곡하는 것이 아닌가?

서복 연구자들이 잘 알고 있듯이 작가들이 자신의 견해에 따라 인물을 묘사하는 것을 크게 비난할 일이 아니다. 그러나 동시에 작가들이 서복 연구의 새로운 진전에 관심을 갖고, 아울러 새로운 이해에 따라 인류의 원양 항해의 선구자이고 문화 교류의 선구자인 서복의 일신에 전통 중화 이념을 모아 창조해낸 새로운 형상을 열정적으로 호소해야 한다. 1991년 강소 공유에서 거행된 '서복국제학술토론회'에서 한 사람이 정중하게 다음과 같이 언급했다.

"1980년대 이래로 국내외 서복 학술연구의 깊이와 발전에 따라 문학 작품에서 새로운 서복 형상이 출현하기를 기대합니다隨着80年代以來國內外徐福學術研究的深入和發展, 應該在文學作品中出現一個新的徐福形象. 我們

期盼着."

10여 년 뒤 우리는 끝내 우경홍^{于鷲鴻}의 장편 역사소설 ≪서복비사^{徐福秘史}≫와 신성^{申聲}의 장편 서사시 ≪천동동도^{千童東渡}≫을 읽게 되었고, 지금 척천법도 새로운 장편소설 ≪서복동도≫를 썼다. 내가 이 때문에 흥분을 금할 수 없는 것도 자연스런 일이다.

척천법은 책임감이 강하고 매우 부지런한 작가이다. 드라마 연속극 ≪서복동도≫를 총 편집할 때 대량의 서복 연구 자료를 열람했다. 드라마가 완성된 뒤에도 또 내가 수장하고 있는 백 만 자에 달하는 자료를 빌려가서 계속 읽고 연구했다. 연구자들은 서복 동도의 새로운 연구 성과에 대해 그의 창작 충동을 일으켜 이 소설이 나오게 된 것이다. 서복 연구가 현 단계에 이르자, 사람들은 문헌 자료와 고고 자료에 근거하여 각지 민간 전설을 참고하여 비교 연구 등의 방법을 통해 사건의 가능성에 대해 합리적이고 논리적으로 추리했다. 그리고 사건 전 과정에 대한 가능성 있는 몇 가지 '추측'을 만들어 사건의 본래 면모를 복원하고자 힘쓰고 있다.

그러나 역사학의 각도에서 보면 추리와 추측만으로는 불충분하며 진정으로 문제를 해결하려면 문헌의 발견과 직접적인 고고학 자료의 실증에 의지해야만 한다. 소설은 이와 다르다. 작가들은 제재의 중대한 의의를 인식한 뒤에 추리의 토대 위에서 이야기를 구상하고 인물을 만들어 사건의 시말을 형상적으로 전시하고 그 의미를 제시하여 사람들에게 감동과 계발을 주어야 한다.

따라서 소설의 창작은 심도 깊은 역사 연구에는 도움을 주지 못하지만, 사람들, 특히 일반 독자들이 사건의 본질적인 의의를 이해하는데 도움을 줄 것이다. 새로운 체재의 장편소설 ≪서복동도≫가 간행되어 내가 흥분한 까닭은 바로 여기에 있고, 작자에게 감격하고 축하하고자 하는 까닭도 바로 여기에 있다.

중국 서복문화 연구전문가 주내복周乃復

2005년 8월

역사, 전설 그리고 상상

척천법의 신체재 역사소설 ≪서복동도≫를 평함

근래에 서복의 동도와 절동^{浙東}과의 관계가 이미 갈수록 많은 영파인^{寧波人}들에 의해 이해되고 있다. 역사적으로 확실히 발생한 적이 있는 서복 동도 사건에 대해 부인하거나 의구심을 가진 사람들은 극소하다. 그러나 서복 동도의 구체적인 과정 및 자세한 과정, 예를 들어 어느 곳에서 바다로 나가 동도하기 시작했고, 마지막으로 일본에 성공적으로 도달했는지의 여부, 일본 문명의 발전과 어떠한 관계가 있는가 등은 도리어 사학계에서 쟁론이 끊이지 않는 문제이다. 영파시의 저명한 작가 척천법 선생은 최근에 신체재 장편 역사소설 ≪서복동도≫를 창작했는데, 서복 본인 및 관련 역사발전 과정에 대해 상상력이 충만하고 생동감 있게 묘사했다.

일종의 문학형식으로 역사인물을 제재로 삼는 소설은 두 가지 중요한 문제를 반드시 해결해야 한다. 첫째는 사실^{史實}과 문학에서 반드시 갖추어야 할 상상 간의 관계를 어떻게 처리하느냐의 문제이다. 둘째 만일 소설이 역사에 대해 합리적으로 상상하도록 허락한 다면 이러한 상상은 어떤 범위 안에서 적당한가의 문제이다. 서복 동도의 구체적 과정과 상세한 내용은 모두 고증할 길이 없기 때문에 서복과 관련된 고사를 묘사할 때는 일반 역사소설처럼 고유한 사실을 토대로 삼아 전개시킬 방법이 없다. 그러나 창작자의 입장에서 말하자면 사실의 결핍은 오히려 좋은 일일 수도 있다. 그는 아무 구속을 받지 않고 상상의 나래를 펼칠 수 있고 아울러 자신의 이해와 창조를 통해 빠진 역사를 문학적으로 보충하여 그의 심중의 인물과 형상을 묘사할 수 있기 때문이다.

서복 동도는 진시황이 불로장생약을 구하려고 한 일과 연계되어 있다. 이는 이 사실을 신비적이고 환상적인 색채로 충만하게 만들었다. 사실상 이 사건이 일어난 뒤 2천 여 년 동안 이와 관련된 대량의 민간전설을 낳았고, 아울러 완정한 계열을 이루었다. ≪서복동도≫의 최대 장점은 그것이 동도와 관련된 민간전설을 모두 한 곳에 꿰어 그들을 기본적으로 스토리가 될 뿐 아니라 매우 생동적으로 연역하고 해석하여 그럴듯하게 꾸민 것이다. 그래서 사람들은 이러한 전설고사를 통해 서복 동도에 대해 기본적으로 이해하고 인식하게 되었다.

전설은 물론 역사가 아니다. 그러나 전설의 배후에는 왕왕 역사의 그림자를 충분히 엿볼 수 있다. 전설을 소설 속에 넣을 때 가장 큰 의미는 독자가 문학의 시야에서 역사를 추적할 수 있다는 점이다. ≪서복동도≫는 두 가지 기본적인 발전 플롯을 가지고 있다. 주요 플롯은 서복과 기타 동도 인물의 활동이며, 보조 플롯은 궁정 내부의 다툼과 모순이다. 이러한 보조 플롯과 관련된 사료는 상대적으로 많으며 사람들이 모두 잘 알고 있다. 따라서 작가는 그에 대한 묘사에 비교적 신중을 기했다. 소설에서 보조 플롯의 역할을 배경으로 존재하지만 더욱 큰 역할을 한다. 작가는 이로써 고사의 발전을 이끌어가며 아울러 그것의 진실성으로서 작가의 서복과 동도에 대한 상상력, 묘사의 합리성을 암시한다. 따라서 완전히 역사와 동떨어진 전기傳奇 고사와 비교하면, ≪서복동도≫는 문학적 가치가 있을 뿐 아니라, 동시에 어느 정도 역사적 가치를 가지고 있다. 이에 대하여 서복 연구가 주내복은 매우 긍정적으로 평가했다. 그것은 역사 연구의 직접적 근거로 삼을 수는 없겠지만 우리가 한 걸음 나아가 서복 동도의 의미를 인식하는데 새로운 심사, 주시의 각도를 제공해 주었고, 서복 연구의 지지이자 촉진이라고 평가했다.

척천법은 희극 작가로 고사와 충돌의 설정에 능숙하다. ≪서복동도≫는 여전히 이러한 명확한 희극적 구조 처리를 유지하고 있는데, 주로 고사와 고사의 발전에 따라 작품의 틀을 짜고 고사 플롯의 충돌와 연속성을 강조하고 부각시켰으며 '우연' 등의 희극적 요소를 많이 운용했다. 작자는 소설에서 수많은 사람들이 잘 알고 있는 역사와 전설 인물, 예를 들면 이사李斯, 부소扶蘇, 맹강녀孟姜女와 범기량范杞良을 교묘하게 설정했으며 일부 인물은 역사 인물을 빌려 새로 창조했다. 예를 들면 형헌荊軒은 저명한 자객 형가荊軻의 동생으로 설정된 허구의 인물이다. 이러한 인물은 작가의 합리적인 상상을 통해 전부가 서복 동도의 고사와 직, 간접적으로 연계되어 일종의 새로운 면모로 소설 속에 출현한다. 아울러 그들을 둘러싸고 일련의 복잡하고 생동하는 고사가 발생하여 사람들의 일반적인 감상 습관에 적합하며 독자에게 일종의 특수한 흡인력을 준다.

≪서복동도≫의 또 다른 특징은 소설에서 영파와 동도 간의 관계를 두드러지게 묘사했는데, 영파에 사는 독자들이 본다면 심리적으로 친근감이 들 것이다. 어떤 학자는 서복이 마지막으로 동도하고 아울러 완전히 성공한 출항지는 자계시 삼북진三北鎭 경내의 달봉산 아래라고 여겼다. 소설에서 이러한 관점은 충분히 강화되었고 아울러 형상화가 확장되어 서복과 동도 함대의 활동이 여기에서 진행될 뿐 아니라, 작가는 격정이 충만하게 강렬한 지역 특성을 가진 인물, 예를 들어 하모녀河姆女를 창조했다. 이러한 여성 형상은 절동에서의 서복의 활동과 직접적인 관계가 있으며, 심지어 화하 문명을 일본에 전해준 구체적인 대표 인물로 묘사되었다.

그러나 역사와 문학의 관계에서 ≪서복동도≫에는 단점도 보인다. 작가는 가끔 개별 묘사와 세부 묘사에서 너무 지나친 현대적 색채를 가미시켰는데, 이는 아마도 사람들이 그 합리성에 대하여 의문을 던질 것이다. 의심할 나위 없이 ≪서복동도≫의 의미는 일단의 역사에 대해 문학적으로 추리했을 뿐만 아니라, 더욱 중요한

것은 사람들이 서복 동도를 영파 대외개방의 남상으로 삼는 역사를
인식하고 이해하는데 도움을 준다는 것이며, 아울러 이를 토대로
그 가치를 발굴하고 이용하면 영파의 경제 발전에 큰 도움을 줄 것
이다.

중국 서복문화 연구전문가 목아^{牧野}

한·중·일 평화 우호의 아름다운 초석

서복 동도는 결코 허구가 아니다

"기원 전 221년 진시황은 '서복을 파견하여 동남동녀 수천 명을 데리고 바다로 나가 신선을 구하게 했다.' 기원전 219년에서 기원전 212년에 이르기까지 서복은 남하하여 상산象山 동해안에 이르러 상륙했는데, 이곳은 봉래산이라 부른다. 서기 210년 겨울에 진시황이 남순할 때 서복은 이 소식을 듣고 사실이 누설되어 죽임을 당할까봐 상산을 떠나 멀리 단주亶州, 즉 지금의 일본으로 항해했다."

이 글은 2008년 1월 29일 중국문화부 제2차 국가급 비물질 문화유산 명록國家級非物質文化遺産名錄의 공표 문장인데, 맨 위에 실려 있다.

나의 고향은 서복의 동도 출항지인 달봉산에서 20리 떨어진 곳에 있다. 2천여 년 전에 서복은 삼천 명의 동남동녀를 인솔하여 성공적으로 동도했다는 이야기를, 어렸을 때부터 부모에게 항상 흥미진진하게 듣곤 했다. 그러나 나는 여태까지 그것을 날조된 허구적 신화이거나 이해력이 부족한 사람들의 터무니없는 말이라고 보았다.

그러다가 1996년에 이르러 나는 비지군費志軍, 주내복周乃復 등 친구의 격려를 받고서 한중일 삼국의 국제적 제재를 접하게 되었으며 이 때문에 국내외 학자 전문가의 수많은 문헌을 면밀하게 읽어보았고 아울러 서복 동도의 중국 출항지 유적지와 일본에서 상륙한 유적지를 현지답사하고 서복 전설과 관련된 지역을 방문한 뒤 나는 놀람과 흥분을 금치 못했다. 이로써 '서복이 바다로 나가 선인을 구한徐福入海求仙人' 일은 결코 허구가 아님을 단언할 수 있다.

"옛 전설은 역사의 그림자다古之傳說, 史之影矣."

서복이란 사람은 사료의 고증에 의하면 원명은 서불徐市, fú, 福과 동음.이고 자는 군방君房이며 전국 시기 제齊 나라에서 태어났다. 강소江蘇 연운항連雲港 공유현贛榆縣 서부촌徐阜村, 지금의 금산향金山鄉 서복촌徐福村 사람이며 제 나라 왕 전건田建의 사촌 동생인데, 일생동안 전국 시대에서 진, 한에 이르기까지 삼대를 거쳤으며 중국 문자로 기록된 중국 최초의 항해가이자 정치가이다. '바다로 나가 선인을 구한' 일은 결국 '선약을 구하기' 위해서인지, 아니면 '폭정의 진나라를 피하기' 위해서인지에 대해 사학계에서는 아직 쟁론이 있으므로 여기에서는 잠시 논하지 않겠다. 바다를 건너 부상에 갔는지의 여부에 대해 이견을 가진 사람은 거의 없다. 사실 중국 진나라 이전에 언급된 부상-일본열도에 대한 문헌 가운데 ≪산해경山海經≫에 "태양이 나오는 가까운 곳에 부상이 있다近日出處, 扶桑", "개국은 거연의 남쪽, 왜의 북쪽에 있다. 왜는 연에 속한다蓋國在鉅燕南, 倭北. 倭屬燕"라는 문구가 있고 공자孔子의 ≪논어論語≫

에 "도가 행해지지 않으니, 뗏목을 타고 바다로 떠나려고 한다道不行, 乘槎浮於海" 구와 "나는 구이에서 살고 싶다予欲居九夷"는 말이 있다. 서복이 동도한 뒤에 나온 ≪한서≫, ≪후한서≫, ≪삼국지≫와 ≪여지기輿地記≫ 등에서는 해외 사정과 해외 이민, 교민의 귀국, 사절의 왕래를 중요한 내용으로 기록했으며 아울러 서복 동도 사건과 연계시켰다. 오대五代 의초義楚 화상이 편찬한 ≪의초육첩義楚六帖≫에서는 서복이 도달한 곳이 일본이라고 분명히 언급했다. 작고한 중국의 서복 연구가 나기상 교수는 ≪서복고론徐福考論≫에서 앞사람의 수많은 연구 성과를 인용하여 말하길, 양계초梁啓超가 ≪음빙실전집≫1904 상上에서 서복이 일본으로 동도한 항해 사건을 긍정했다고 한다. 중국 사학계의 권위자 범문란范文瀾, 전백찬翦伯贊, 마비백馬非百 등 학자들은 그들의 진한사秦漢史 관련 저작에서 충분히 긍정했다고 한다. 나기상 교수는 또 모두 주지하다시피 ≪사기≫는 중국 관방에서 편찬한 '정사' 24사 중의 처음이고, 중국 최초의 기전체 통사이며 아주 높은 사료적 가치와 학술적 권위를 가지고 있다. 사마천은 ≪사기≫를 지음에 글자를 금쪽같이 아꼈지만 서복이 바다로 들어간 일에 대해서는 지면을 아끼지 않고 여섯 번이나 중복하여 기술했다고 한다. 하물며 서복이 최후로 출항한 시기와 사마천이 출생한 시기는 65년 차이 나기에 ≪사기≫에서 기록한 "서복은 동남동녀 삼천 명과 백공을 인솔해 오곡을 가지고 동쪽으로 건너가 평원, 광택을 얻어 그곳에 이르러 왕 노릇을 하며 돌아오지 않았다徐福携三千童男童女及五穀百工東渡. 得平原廣澤. 止. 王.

不來"는 말은 결코 허구가 아니다.

일찍이 '사가의 절창'으로 불렸던 일본 학자 이이노 다카히로^{飯野孝宥, 1927~} 선생은 "처음부터 끝까지 ≪사기≫를 몇 번이나 읽어봐도 서복이 전설 속의 인물이라고 말한 적은 없다."라고 말했다. 일본의 모리 고이치^{森浩一, 1928~} 교수는 <지금에야 분명해진 '일본의 근원'^{迄今所弄淸楚的'日本的根源'}>이라는 글에서 "서복 전설은 결코 순계^{純系} 전설이 아니라 어느 정도 관련 현실을 반영했다"고 말했다. 한국 경상남도와 제주도에는 지금도 '서복이 이곳을 지나갔다^{徐福過此}'라는 상형문^篆 석각^{石刻}과 '서복이 일어나서 솟아오르는 태양을 향해 예를 올렸다^{徐福起禮日出}'는 여러 소문이 있다. 이상할 것도 없이 한·중·일 삼국에서는 대대로 서복 동도 사건을 기록하여 역사나 문학에 그 언급이 끊어지지 않았다고 말할 수 있다. 예를 들면 당대 시인 이백의 <고풍^{古風}> 시를 보자.

　　秦皇歸六合, 진시황이 천하를 통일하니
　　虎視何雄哉! 호시탐탐 얼마나 웅장했던가!
　　銘功會稽嶺, 회계산에 공적을 새기고
　　騁望琅邪臺; 말 달려 낭야대에 올라 바라보네.
　　徐市載秦女, 서불은 진나라 소녀를 태우고 갔으나
　　樓船幾時回? 이층 배는 언제 돌아올 것인가?

일본 스님 젯카이 주신^{絶海中津, 1334~1405}의 시 <응제부 삼산^{應製賦三}

徐福終不歸. 서복은 끝내 돌아오지 않았네.

　일본의 수많은 전문가, 학자들은 2천 년 전 영파 일대의 항해 조선술, 일본의 흑조, 사가에서 발굴된 2천 년 전의 요시노가리 유적, 사가 일대의 언어, 생활 습속, 해조의 낙차 등 방면에서 서복이 절강 영파에서 출항하여 일본 규슈 사가로 상륙했을 가능성을 논증하였다. 사가현 서복회의 사무국장 무라오카 아사 여사는 일본의 전 수상 하타 쓰토무羽田 孜. 1935~ 가 자신이 서복의 후손임을 기쁘게 말했다고 한다.

　일본 각지의 서복 유적지는 모두 30여 곳인데 이는 서복 연구의 제일차 자료이다. 사가현 모로도미정諸富町 마을에는 지금까지도 '서복상륙지徐福上陸地'라는 목제 팻말이 있으며, 마을에는 서복 사당이 있다. 서복 소상塑像 앞에는 온 마을 사람들이 매일같이 자원하여 한 집씩 순번을 정하여 음식과 술을 올리고 있다. 긴류우산金立山 자락에 위치한 서복장수관徐福長壽館은 일본 정부에서 3억 엔을 투자하여 세운 것인데, 중앙 대청에는 서복의 백옥전신좌상이 놓여 있고 일본 각지의 서복 유적 사진이 진열되어 있다. 긴류우산 정상에는 서복에게 제사지내는 금산신조金山神竈가 있는데, 서기 2세기부터 여기에서는 매년 50년마다 한번 대제전大祭典을 지낸다. 아리아케해有明海의 츠쿠고가와築後川, 아리아케해 부배지浮杯地와 천포탄千布灘의 전설은 전하는 말에 의하면 당시 서복이 상륙할 때 먼저 해면에 잔을 띄어놓고

문가들은 2천여 년 전 영파 일대의 항해 조선술, 일본 흑조^{黑潮}와 사가에서 발굴된 2천여 년 전의 요시노가리^{吉野ヶ里} 유적지, 사가 지역의 언어, 생활 습속, 해조의 낙차^{落差} 등 방면에 의거하여 서복이 절강 영파에서 출항하여 남한을 거쳐 일본 규슈 사가에 상륙했을 가능성을 논증했다.

사가현 서복회의 사무국장 무라오카 아사^{村岡央麻} 여사가 말하길, 일본 히로히토^{裕仁, 1901~1989} 천황의 남동생 미카사노 미야^{三笠宮, 1915~}가 홍콩 서복회에서 발언한 하사^{賀詞}에서 서복은 우리 일본인의 국부라고 말했다고 한다. 일본 전 수상 하타 쓰토무^{羽田 孜}도 자신이 서복의 후손이라 말했다. 일본 남쪽에서 규슈에 이르기까지, 북으로 홋카이도^{北海道}에 이르기까지 서복 동도 고사가 널리 전해지고 있다. 고증에 의하면 일본 각지의 서복 유적지는 모두 30여 곳인데, 특히 기이^{紀伊} 반도의 와카야마현^{和歌山縣}의 신구시가 서복이 살던 곳이라 전해진다. 수많은 서복의 유적이 지금까지도 남아있다. 그 가운데 '진서복지묘^{秦徐福之墓},기원전 208년 병사가 있는데 옆에는 아직도 '칠가지비^{七家之碑},그의 7명의 식구가 남아 있다. 서복묘 북쪽에는 아스카신사^{阿須賀神社}가 있으며 그 안에는 서복사^{徐福祠}와 서복궁^{徐福宮}이 있다. 아라이정^{新井町}의 다이묘신사^{大明神社}에서 모시는 신상은 모두 서복의 소상으로 그 모습이 늠름한데, 일년 내내 향불이 꺼지지 않는다. 사가현 모로도미정^{諸富町} 마을에는 지금까지도 '서복상륙지^{徐福上陸地}'라는 팻말이 솟아있다. 마을에도 서복사당이 있다. 서복 소상 앞에는 온 마을 사람들이 매일같이 자발적으로 순번을 정하여 음식과 술을 올리고 있다. 긴류 우산 계곡에 자리한 서복장수관徐福長壽館은 일본 정부에서 3억 엔을 투자하여 세운 것인데, 대청 중앙에는 서복의 백옥전신좌상白玉全身坐像을 모셨고, 양측에는 일본 각지의 서복 유적지 사진을 진열하였다. 긴류우산 정상에는 서복에게 제사지내는 긴류우신사金立神社가 있다. 서기 2세기 이후부터 2천여 년의 세월 속에서 이곳에서는 50년마다 한번씩 서복에게 성대한 제사를 지낸다. 아리아케해有明海 츠쿠고가와築後川에는 서복 함대가 상륙할 때 사용한 부배도항浮杯導航과 천포포탄千布鋪灘이라는 지혜로운 전설이 전해진다.

이곳에는 또 아진고낭묘阿辰姑娘廟가 있다. 당시 서복이 사가현에 정착하기 시작하면서 "어진이와 가까이 하고 이웃과 사이좋게 지내며 주머니를 털어 베풀어주고, 강자는 약자를 못살게 굴지 않고 부자는 가난한 자를 모욕하지 않는다親仁善隣, 傾囊相與, 强不執弱, 富不侮貧"는 행위 준칙을 정하여 현지 토착 부락민과 화목하게 지냈으며 그들에게 양잠, 베짜기, 벼농사, 의약, 양조술, 야금 등의 기술을 가르치며 중화 문명을 전파하여 일본으로 하여금 석기를 사용하는 조몬繩文 시대에서 금속 기구를 사용하는 야요이彌生 시대로 약진케 했다. 토착민들은 서복의 역사 공적에 감격하여 자기의 딸 아진阿辰을 그에게 시집보냈다. 아진 처녀와 서복의 국경을 넘어선 혼인을 기념하기 위해 현지 인민들은 사당을 세웠다. 사가현 고다키정神崎町과 미타가와정三田川町 사이에 위치한 요시노가리는 일본 조몬 시대와 야요이 시대과도기의 진귀한 유적지인데, 수년간의 대규모 발굴을 거쳐 본래 모습으로 복원했고 아울러 유적지 진열관도 세웠다. 유적지에서 발굴된 성책城柵, 대환호大環壕, 옹관장甕棺葬, 수혈거주竪穴居住, 난간식 건축, 벼, 패륜貝輪, 동검銅劍, 돌도끼, 목간, 쇠낫, 방추紡錘 등 출토 문물은 중국 강남 등지의 출토 문물과 거의 흡사하다. 요시노가리 유적지의 발견은 일본의 서복 연구로 하여금 원래의 전설에 대한 고증에서 역사인물, 역사 사물에 대한 연구로 향상시켰다.

우리는 또 규슈 신구시의 서복공원을 유람했다. 공원 안에는 서복묘가 있고 공원 안에는 많은 중국의 한방, 민간 약초를 심어 놓았다. 신구 시민의 견해에 따르면 서복은 이곳에서 상륙했고 죽은 뒤에 이곳에 묻혔다고 한다. 묘는 극히 평범하여 긴 천연석 위에 '서복지묘徐福之墓'라는 네 글자가 새겨져 있다. 신구시에서 우리는 서복족보를 가지고 있는 서복회 회원의 집에 초대받아 방문하여 이 집의 족보는 그의 선조가 800년 전에 손으로 필사한 것임을 알았다.

방문단은 또 신구시 구마노강熊野川을 참관했는데, 전하는 말에 의하면 서복이 당시 동도하던 함대 가운데 일부는 이곳에 상륙하여 서복이 농사를 지으며 기우제를 지냈던 신묘神廟를 남겼다고 하다. 사당은 그다지 정교하진 않지만 지금까지도 향불이 왕성했다. 후지요시다시에서 방문단은 일년 내내 흰 눈으로 뒤덮인 후지산을 유람했다. 일본 민간전설에 의하면 후지산옛이름 후시고원不二高原은 서복이 불로장생약을 찾은 선산 봉래이며, 서복의 구선 활동의 종결점이라고 한다. 일본에서 나는 서복의 발자취를 따라 귀로 듣고 눈으로 보면서 2천여 년 전 서복의 살아있는 그림자가 일본에서 대대로 계승되고 있다는 느낌을 받았다. 공원, 신사, 장수관 및 복식, 식품, 음료와 제사 활동 등에서 서복 정신의 흔적이 배지 않은 곳이 없었다.

서복은 일본으로 건너가는 도중 남한, 즉 지금의 한국 남해와 제주도에 체류하며 현지 진한辰韓, 마한馬韓, 변한弁韓 삼한 부락민의 도움을 받았고 동시에 한국도 중화문화의 영향을 받아 점차적으로 동아시아 대륙문화의 명확한 함의를 확정하게 되었다. 이것도 역시 쟁론할 필요가 없는 사실史實이다. 현지 서복회의 소개에 의하면 한국 남부 상주商州, 지금의 경상남도에 금산錦山이 있는데, 정상에 올라 내려다보면 멀리 대해를 조망할 수 있고, 거대한 암석 위에는 상형 주문籀文, 大篆이 새겨져 있는데, 서체가 기괴하고 글자꼴이 올챙이 같아서 이해하는 사람이 없었다고 한다. 이에 한국 해주인海州人 오세창吳世昌, 1864~1953이 탁본을 떠서 중국의 명사에게 가르침을 청하여 '서복이 일어나서 솟아오르는 태양을 향해 예를 올렸다徐市起禮日出'라는 여섯 글자를 얻었다고 한다.

제주도는 옛날에 호주胡州라고 했는데 서복 함대는 제주도의 금당포金塘浦에서 상륙한 뒤 다시 한라산옛이름 영주산瀛州山에 올라 선약을 찾다가 생명을 연장시켜 주는 '암고란岩高蘭, 즉 신선과神仙果을 얻었을 뿐, 불로장생약을 발견하지 못하여 어쩔 수없이 한라산 남쪽으로 하산하다가 정방폭포正房瀑布를 발견했는데 웅장하고 장관이었다. 그러나 여기에서도 선약을 구하지 못해 진시황의 질책을 받을까 두려워 폭포 암벽 위에 구선의 어려움을 보여주기 위해 '서복과차^{徐福過此}'란 네 글자를 새겨놓았다. 이후 서쪽 나루터, 즉 지금의 서귀포^{西歸浦, 허귀포虛歸浦}^{의 해음}에서 제주도를 떠나 부상으로 가려는 그 진짜 가는 방향을 숨겼다.

기원전 3세기 말에 발생한 서복 동도 역사 사건은 한, 중, 일 삼국의 역대 문헌 속에 많은 기록이 있지만 널리 주의와 중시를 받지 못하다가 1980년대 초에 이르러 강소 공유^{贛榆} 서복고리^{徐福故里} 서복촌^{徐福村}의 발견과 일본 요시노가리^{吉野ケ里} 야요이 초기 문화유적지의 발굴로 서복 연구의 열기를 불러일으켰다. 사람들은 수천 년간 잠자던 역사 근거를 통해 2천여 년 전 공전절후의 위대한 장거와 그 진지한 가치를 다시금 인식하고 평가하기 시작하면서 중국, 일본, 한국에서 전후로 서복회를 설립하여 관련된 서복 논저와 문예작품이 끊임없이 출판되고 서복 관련 연극이 텔레비전 스크린과 무대에 올려졌다. 서복은 이미 한, 중, 일 삼국 인민에 의해 평화, 우호의 아름다운 초석으로 여겨졌다.

지금 한, 중, 일 국제서복문화교류중심^{준비중}, 중국문련^{文聯} 통속문학 연구회, 일비문화전파공사^{逸飛文化傳播公司}와 일본 도쿄텔레비전방송국, 한국텔레비전방송국, 한국 동만기지^{動漫基地}에서는 긴밀하게 협조하여 서복 동도를 제재로 삼고, 본인의 장편소설 ≪서복동도≫를 저본으로 삼아 다종문화 매체를 운용하고 각국의 연구 관점을 집중하여 한, 중, 일 전체 시점의 서복 형상을 창조하고 있다. 이로써 더욱 광범한 범위에서 서복의 평화, 우호와 백성의 복지에 힘쓰는 주제와 정신을 현창하게 될 것이다.

척천법

2008년 설날에 자계 달봉산 서복 동도 출항지에서 탈고

　작년 무더운 여름날, 남서울대학교에 열렸던 학회를 마치고 천안 시내로 돌아오는 도중 핸드폰 벨이 묵중하게 울렸다. 중국 절강성 영파에서 걸려온 전화였다. 역자의 제자 박미란의 오빠인 박용호 사장이었다. 박 사장은 영파에서 <선덕여왕>과 같은 한국 역사 드라마 촬영에 필요한 고전 의상을 공급하는 의류 무역업에 종사하고 있다. 안부를 주고받으며 작년 가을 2009년 9월 25~27일에 자계慈溪에서 한·중·일 국제서복연구 세미나가 열릴 예정이고, 올해 1월에는 3개국 방송국에서 공동 작업으로 24부작 분량으로 서복에 관한 드라마 촬영에 들어간다는 정보를 전해주었다. 그리고 역자에게 영파 출신의 소설가, 희극가, 드라마 작가인 척천법의 ≪서복동도≫를 번역해보라고 권유했다. 그리고 시간이 한참 지나 박 사장이 서울로 출장을 나온 차에 다시 한번 통화했고 귀국한 뒤 원고를 보내주겠다고 말했다.

　원고를 받아본 뒤 한번 읽어보고 내용의 탄탄한 구성력이 약간 부족한 점이 아쉽기는 했지만, 그래도 번역하게 된 계기는 한국에 처음 소개하는 서복 관련 역사소설이고, 또한 ≪삼국지연의≫와 같은 장회소설에 맛들인 독자에게는 다소 구미가 당길 것으로 여겼기에, 이를 계기로 역자들이 이 소설을 번역하게 되었다.

　이 소설은 척천법의 신역사소설이다. 척천법은 절강^{浙江} 자계^{慈溪} 사람으로 1940년에 태어나 1960년에 중국공산당에 가입하고 주산^{舟山} 부대에서 해방군 전사, 문서^{文書}, 방송국 국장을 맡았고 전역한 뒤에는 자계 신포중학^{新浦中學} 교도주임^{敎導主任}, 자계현문화관^{慈溪縣文化館} 부관장, 영파시문화국^{寧波市文化局} 부국장, 영파시문련^{寧波市文聯} 부주석을 역임했다. 1991년에 그의 이름이 ≪중국당대문예군성사전^{中國當代文藝群星辭典}≫, 1995년에 ≪중국문예가전집^{中國文藝家傳集}≫, 1996년에 ≪세계명인록^{世界名人錄}≫ 등의 사전에 올려졌다. 지금은 중국작가협회^{中國作家協會} 회원, 중국희극가협회^{中國戲劇家協會} 회원, 영파시희극가협회^{寧波市戲劇家協會} 주석으로 활동하고 있다. 그는 1958년부터 작품을 발표하기 시작했는데, 그의 저작으로는 장편소설 ≪사명전기^{四明傳奇}≫, ≪동해전기^{東海傳奇}≫, ≪산향거란^{山鄕巨瀾}≫ 드라마 연속극 ≪수죽호 이야기^{修竹湖的故事}≫ 23부작으로 개편, 월극^{越劇} 극본 ≪호박루^{琥珀淚}≫, ≪도화몽^{桃花夢}≫, ≪맹강녀^{孟姜女}≫, ≪화교착^{花轎錯}≫, ≪홍도기정^{洪濤奇情}≫, 드라마 연속극 ≪서복동도전기^{徐福東渡傳奇}≫^{18부작}, ≪호구탈정^{虎口奪丁}≫, 영화대본 ≪신비하게 실종된 배^{神秘失踪的船}≫^{北影에서 촬영}, ≪혈제^{血祭}≫^{長影에서 촬영}, ≪척천법극작선^{戚天法劇作選}≫²⁰⁰¹ 등이 있다.

올해 1월 초에 상해와 항주를 탐방할 기회를 얻게 됨에 따라 행리 가방에 이 소설의 번역 원고를 넣어 마침내 척천법 선생과 만나게 되었다. 1월 6일 오후 5시경 영파의 일비문화전파유한공사逸飛文化傳播有限公司 사무실에서 조우하게 되었다. 자그마한 키에 온유하고 자상한 인상을 지닌 향토 작가였다. 그와 첫인사를 나눈 뒤 척 선생은 자신의 서명본 ≪서복동도≫와 ≪양축정전≫, 그리고 직접 쓰신 서예 작품을 건네주신다. 그 자리에서 번역하면서 의문 나는 부분을 문의하고 서복에 관한 이야기를 하다가 영파의 유명한 해물식당으로 자리를 옮겨 척 선생과 우의를 다지게 되었다. 시간이 넉넉하면 근처의 서복 유적지를 답사해보고 싶은 생각이 간절하였지만 사정상 그러질 못해 안타까웠다. 영파 방문 당시 도움을 주신 척천법 선생, 허조표許祖彪 집행이사, 박용호 사장, 박미란에게 심심한 사의를 표한다.

한국에서 서복이란 인물은 아마도 거제시 일운면, 남해 금산, 제주도 주민을 제외하면 우리에게 생소하다. 반면에 중국과 일본에서는 그에 대한 연구 활동과 저술, 학회 활동이 왕성한 걸로 알고 있다. 그렇지만 국내에서는 거제도와 제주도에 서복 관련 학회가 결성되어 매년 세미나가 거행되고 있을 뿐, 전국적인 범위의 연구와 저술 활동은 거의 전무한 실정이다. 이 소설의 출판을 계기로 한·중·일 문화 교류와 가교에 조금이나마 도움이 된다면 다행이겠다.

이 소설은 모두 40장으로 구성되어 있는데, 플롯은 두 축으로 나

닌다. 하나는 우리가 다 알고 있는 진시황을 중심으로 짜여 있고, 다른 하나는 서복을 중심으로 구성되어 있다. 진시황 플롯은 역사적 사실에 가깝고, 서복 플롯은 거의가 작가적 상상력으로 재창조한 것이다. 이 소설에 대한 평론은 서문과 발문을 참조하면 되겠다. 이 소설의 번역은 조성환이 1장에서 20장, 그리고 서문과 발문을, 권소영이 21장에서 40장까지 맡았음을 밝혀둔다.

끝으로 이 소설 번역에 도움을 주신 모든 분들께 다시 한번 감사드리고 이 소설의 번역 동지인 역자 권소영 선생에게도 감사드리며, 아울러 이 소설 번역을 흔쾌히 맡아주신 글누림출판사 최종숙 사장님, 그리고 난삽한 원고를 말끔하게 다듬어주신 편집진에게도 고맙다는 인사를 드린다.

경인년 입춘 다음날, 태조산 기슭에서
역자를 대표하여 조성환 쓰다.

저자 **척천법(戚天法)**

절강(浙江) 자계(慈溪) 사람으로 1940년에 태어나 1960년에 중국공산당에 가입하고 주산(舟山) 부대에서 해방군 전사, 문서(文書), 방송국 국장을 맡았고 전역한 뒤에는 자계 신포중학(新浦中學) 교도주임(敎導主任), 자계현문화관(慈溪縣文化館) 부관장, 영파시문화국(寧波市文化局) 부국장, 영파시문련(寧波市文聯) 부주석을 역임했다. 지금은 중국작가협회(中國作家協會) 회원, 중국희극가협회(中國戲劇家協會) 회원, 영파시희극가협회(寧波市戲劇家協會) 주석으로 활동하고 있다. 주요 저작으로는 장편소설 ≪사명전기(四明傳奇)≫, ≪동해전기(東海傳奇)≫, ≪산향거란(山鄉巨瀾)≫(드라마 연속극 ≪수죽호 이야기(修竹湖的故事)≫ 23부작으로 개편), 월극(越劇) 극본 ≪호박루(琥珀淚)≫, ≪도화몽(桃花夢)≫, ≪맹강녀(孟姜女)≫, ≪화교착(花轎錯)≫, ≪홍도기정(洪濤奇情)≫, 드라마 연속극 ≪서복동도전기(徐福東渡傳奇)≫(18부작), ≪호구탈정(虎口奪丁)≫, 영화대본 ≪신비하게 실종된 배(神秘失踪的船)≫(北影에서 촬영), ≪혈제(血祭)≫(長影에서 촬영), ≪척천법극작선(戚天法劇作選)≫(2001) 등이 있다.

원서 기획

영파(寧波) 일비문화미디어주식회사(逸飛文化傳播有限公司)
허조표(許祖彪) 박용호(朴龍虎)

역자

권소영(權昭暎)

경북 경주에서 태어나 동국대학교 중어중문학과를 졸업하고 지금은 울산에서 중국어 교육과 프리랜서로 번역에 종사하고 있다.

조성환(趙誠煥)

충남 서산에서 태어나 경북대학교 중어중문학과를 졸업하고 지금은 천안에서 중국어문학 교육과 번역에 종사하고 있다. 주요 역서로는 ≪중국의 최치원 연구≫(2009) 등이 있다.

서복동도

초판 1쇄 발행 2010년 9월 8일

지 은 이 척천법
옮 긴 이 권소영·조성환
펴 낸 이 최종숙
책임편집 이태곤
편   집 추다영·임애정
디 자 인 안혜진
마 케 팅 문택주
펴 낸 곳 글누림출판사
　　　　서울 서초구 반포4동 577-25 문창빌딩 2층
　　　　전화 02-3409-2055(편집), 02-3409-2058(영업)
　　　　FAX 02-3409-2059
　　　　이메일 nurim3888@hanmail.net
　　　　홈페이지 www.geulnurim.co.kr
　　　　등록 제303-2005-000038호(등록일 2005년 10월 5일)
ISBN   978-89-6327-067-8 03820

정 가 11,000원

* 잘못된 책은 교환해 드립니다.